권능의 반지

권능의 반지 1

초판 1쇄 인쇄일 2015년 10월 26일 | 초판 1쇄 발행일 2015년 10월 28일

지은이 김종혁 | 펴낸이 곽중열 | 담당편집 팀장 이범수
편집부 신연제 이윤아 김호성 김은경

펴낸곳 (주) 조은세상 | 출판등록 제 2002-23호
주소 경기도 연천군 미산면 청정로 1355
TEL 편집부 02)587-2966 | FAX 02)587-2922
e-mail bukdu@comics21c.co.kr

ISBN 979-11-5832-321-9 | ISBN 979-11-5832-320-2(set) | 값 8,000원

권능의 반지

김종혁 현대판타지 장편소설

NEO MODERN FANTASY STORY

1

권능의 반지
NEO MODERN FANTASY STORY

권능의 반지

서장

NEO MODERN FANTASY STORY

차원왜곡 현상으로 이세계가 지구가 연결됐다.

이세계는 지구와는 사뭇 다른 장소였다.

미지의 종족, 마법의 존재, 그리고 새로운 자원.

어찌 보면 전쟁은 예상된 수순이었을지도 모른다.

포탈 너머로 파병이 시작됐고, 종족 전쟁으로 발전했다.

인간들은 화기를 보유하지 못한 이세계를 쉽게 제압할 수 있을 거라고 생각했다.

오산이었다.

이세계의 각성자들과 마법사들이 포탈을 넘어와 지구에 커다란 피해를 입혔다. 인류 존속의 위기를 느낀 지구는 이에 핵미사일로 응수했다.

많은 이들이 죽고서야 전쟁이 끝났다.

승리한 자는 없었다. 상처밖에 남지 않았다.

하지만 인간은 적응의 동물이라고 했던가?

전쟁이 끝남과 동시에 이종족과 교류를 시작했다.

포탈 너머에 개척지를 건설하고, 마법과 각성을 배웠다.

이종족에겐 인류가 가진 기술과 과학을 선물했다.

그렇게 언제 다시 터질지 모르는 폭탄을 안은 채

인간에게 둘 도 없을 황금기가 찾아왔다.

이에 많은 사람들이 꿈과 희망을 안고 포탈 너머로 향했다.

물론 그들 전부가 부와 명예를 손에 쥐는 건 아니었다.

"희망 같은 소리 하고 있네. 개소리 집어치워."

그게 바로 김지훈이다.

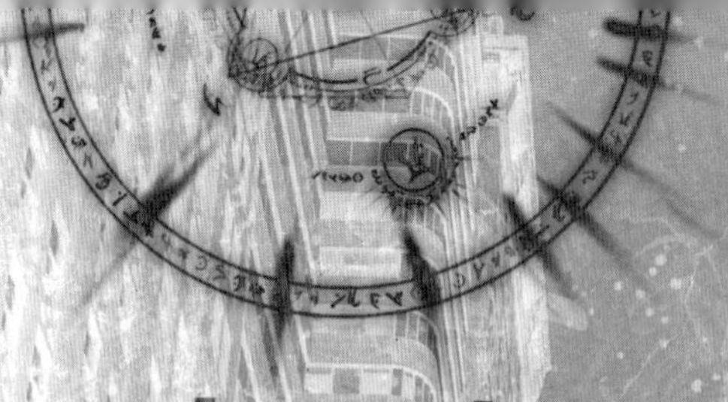

권능의 반지

프롤로그

야심한 밤, 공동묘지.

남자 둘이 무덤을 파헤치고 있었다.

"망 잘 봐."

"걱정 마."

야시경을 끼고 있는 오크가 말했다.

그의 이름은 칼콘.

지금 삽질을 하고 있는 지훈의 친구였다.

"경비는 어쨌어?"

지훈이 삽을 땅에 박아 넣으며 물었다.

구덩이가 깊은 게 거의 다 된 것 같았다.

"재워뒀어."

"얌전하게, 아니면 과격하게."

"전자. 후자는 시체가 남잖아."

"네가? 전통적인 방법을 따를 줄 알았는데 말이지."

"편견이야. 종족이 호전적이라고 모든 개체가 그런 건 아니라고."

"그거 말고. 방법 새끼야, 방법. 네 주먹 한 방이면 반병신 될 텐데 어떻게 재웠냐고."

칼콘은 허리춤에 매고 있던 블로우 건을 보여줬다.

소위 독침이라 불리는 물건으로, 입으로 불어서 침을 날리는 물건이었다. 아마 저 물건이라면 아무런 피해 없이 재울 수 있었으리라.

우직!

얘기하는 사이 관에 삽이 틀어박혔다.

불쾌한 냄새와 함께 반 쯤 썩은 시체가 나타났다.

대부분 저런 시체를 보면 얼굴을 찌푸리기 마련이지만, 지훈은 도리어 미소를 지었다.

"미안하지만 물건 좀 빌려갈게. 살 사람은 살아야지."

"아티펙트 보여?"

지금 둘이 하는 행동은 아티펙트 헌팅이었다.

아티펙트 헌팅은 보통 괴수 출현 지역이나 오염 지대에서 했지만, 너무 위험한 까닭에 종종 이렇게 남의 유품을 터는 사람도 있었다.

지훈이 시체를 뒤적여 아티펙트로 보이는 곤봉을 집었다.

"식별용 아티펙트 줘봐."

칼콘이 지훈에게 투박해 보이는 단검을 건넸다.

"이거 몇 급?"

"E급이야."

지훈은 듣자마자 바로 곤봉에 단검을 갖다 박았다.

깡!

둔기와 날붙이가 부딪치면 거의 후자 쪽 이가 상하는 게 정상이었다. 하지만 도리어 곤봉에만 작은 상처가 생겼고, 단검은 멀쩡했다.

"곤봉, F급."

방금 둘이 한 행동은 아티펙트 식별이었다.

본디 식별은 마법을 통해 해야 했지만 문제는 그 가격이 너무 비싸다는 거였다.

그렇기에 몇몇 가난한 헌터나 일반인들은 아티펙트 등급에 따라 성능이 향상된다는 점을 노려, 편법을 사용하기도 했다.

그게 바로 '부딪혀보기' 였다.

시체가 가진 모든 물품에 단검을 갖다 박길 몇 번. 모든 아이템을 식별해 볼 수 있었다. 결과는 F급 2개였다.

"누가 F급 각성자 아니랄까봐, 물건도 싼 거 들고 다니네. 쯧."

"그럼 등급 높은 녀석 파보면 되지 않을까?"

"달린 혓바닥이라고 개소리 찍찍 싸는 거 보니 너도 명줄 긴 놈은 못되겠다."

칼콘 말대로 효율만 보면 등급 높은 각성자의 무덤을 파는 게 더 좋았다. 능력이 좋았던 만큼 물건도 좋은 걸 썼을 테니 분명 좋은 아티펙트가 묻혀있을테니 말이다.

하지만 D급 이상은 가격이 비싸서 같이 묻는 경우도 드물거니와, 파내도 귀찮은 일이 생길게 분명했다.

바로 보복이었다.

"가디언이 무서워서 그래?"

"짭새 흉내 내는 놈들이 뭐가 무서워. 걔네는 별 거 아냐."

가디언이란 대 각성범죄 전문 치안단체도 있긴 했지만 그들은 만성 인력부족으로 허덕이는 상태였다. 이런 사소한 범죄는 대부분 손대는 척만 하다 그만둬 버린다.

지인은 달랐다.

소중한 친구의 무덤이 뒤집혔는데, 가만있을 인간 어디에 있겠는가. 게다가 무덤 주인 능력이 좋은 만큼 그 동료들도 뛰어날 터.

그런 녀석들이 눈 까뒤집고 달려든다?

곤란했다.

"자, 다음 무덤 파볼… 흠?"

바로 다음 무덤으로 이동해 삽을 꽂으려는 찰나 지훈이 멈칫거렸다.

'뭐 저리 낡았어?'

언제 매장했는지 가늠하기 어려운 낡은 무덤이었다.

"칼콘, 묘비에 적힌 글씨 보여?"

"너무 오래 되서 안 보여."

고민됐다.

'주변에 다 E급 F급만 있는데 갑자기 엄청난 놈이 튀어나오겠어?'

푹!

다 파니 거의 다 썩어있는 나무 관이 나왔다. 얼마나 오래됐는지 안에 있는 시체도 백골이 되어 있었다.

반면 물건은 별 거 없었다.

시체가 입은 옷도 모험 복장이 아닌 예복이었고, 아티펙트로 보이는 물건도 들고 있는 칼 하나가 전부였다.

세공이 잔뜩 들어가 꽤나 값나가 보이는 물건이었다.

'어디 한 번 볼까.'

지훈이 곧장 칼을 주워 단도에 부딪쳤다.

깡!

겉모습과 달리 너무나도 쉽게 부러져 버렸다.

"어, 뭐야. 일반인 아니야?"

"헛수고했군."

지훈은 짜증을 담아 침을 내뱉고, 거친 손으로 백골을 헤집었다. 고생을 했으니 뭐든 돈 되는 물건은 죄다 가져갈 심산이었다.

일단 반으로 부러진 검을 주웠다. 꿩 대신 닭이라고, 보석이라도 뽑아다 팔면 될 터였다.

그 다음으로 백골이 끼고 있던 반지를 집었다.

표면에 이상한 언어가 음각되어 있었다.

'뭐라고 적혀있는 거야?'

– Võimsus su käed (권능을 당신의 손안에)

전혀 모르는 언어였다.

보고 있자니 갑자기 정신이 멍해졌다.

마치 시야가 점멸되는 것 같은 착각과 함께, 주변 사물이 일그러지며 이내 반지밖에 보이질 않게 됐다.

'껴… 볼까?'

꿈속을 유영하듯 몽롱한 속에 반지를 끼웠다.

우–웅!

소리굽쇠 같은 공명음과 함께 작은 목소리가 들렸다.

– Kasutaja teadlikkust. Sul võib nõelamine vähe. (사용자 인식. 약간 따끔할 수 있습니다.)

지훈은 갑자기 들려온 말소리에 정신을 퍼뜩 차렸다.

"나 오크어 몰라. 한글로 말해."

"응?"

돌아보자, 칼콘이 머리 위로 물음표를 띄웠다.

"방금 뭐라고 하지 않았어?"

"전혀."

지훈은 칼콘이 실없는 장난을 쳤을 거라 생각했다.

딱 다음 목소리가 들리기 전 까지만 말이다.

– Kohtuotsus. Tundmatu kasutaja.

Ring ah chyopu meuja Vaim kontrollida ring

avaldub Jumala seogwon Kwok. Kui soovite kanda loata isik või annetuse näitavad, et see võib olla suur kahjuks.

(판정. 알 수 없는 사용자.)

(본 반지는 아쵸푸므자님께서 서권곽님께 선물한 각성 제어 반지입니다. 허락 혹은 증여 없이 착용할 경우 불이익을 받을 수 있음을 알립니다.)

– Tagasivooluklapp verd teisi kõrvaltoimeid identiteedi kaotust jne Pange tähele, et seal võib olla kahjulikud südame seiskumise. Kui sa ei taha tõmmata ring.

(사용자 각성 인식. 미각성. 각성을 위해 신체를 재구성합니다. 부작용으로 혈액 역류, 심정지, 도덕성 결여, 정체성 상실, 영혼 발화 등의 부작용이 있을 수 있습니다. 원치 않는다면 반지를 빼 주십시오.)

– kolm, kaks, üks.

(셋, 둘, 하나.)

죽음의 카운트다운이 시작됐음에도, 지훈은 전혀 알아들을 수 없었다. 단지 이 상황이 짜증만 날 뿐이었다.

"되도 않는 장난 그만 하…… 꺽!"

우-으으으응!

공명음과 함께 끔찍한 격통이 휘몰아쳤다.

혈관에 쇳물을 부은 것처럼,

심장을 망치로 내리찍는 것처럼,

두개골을 멀고 뇌를 휘젓는 것처럼,

누군가 척추에 스턴건을 지진 것처럼,

마치 온 몸이 부서졌다 재조립 되는 것만 같았다.

"사, 살…. 꺽!"

고통스러우면 시간이 길게 늘어진다고 했던가?

일 초가 영원을 향해 달리는 것 마냥 시간이 늘어지고, 고통 외 모든 감각은 발화되어 사라졌다.

오로지 통각만 남은 고통의 시간!

그렇게 지옥 같은 5분이 지나자 고통이 서서히 옅어지며 이내 묘한 이질감만 남았다.

"지훈! 괜찮아?"

대답할 정신도 없이 온몸을 훑었다.

다행히 어디 망가진 곳은 없어 보였다.

세상 모진 풍파를 온몸으로 맞으며 살아온 지훈도 이런 고통은 처음이었다.

'빌어먹을. 도대체 이 반지 뭐하는 물건이야?'

당장 빼내려 했지만 무슨 일인지 피부에 눌어붙은 양 떨어지질 않았다.

"지훈?"

불안한 칼콘의 마음속에 문득 유령 몬스터에 대해 들었던 것을 떠올렸다.

술집에서 대충 귀동냥 한 지식이라 정확하진 않았지만,

사람에게 빙의한다고 했었다.

굉장히 까다로운 공격 방법과 다르게 그 유령을 대처하는 방법은 간단했는데, 빙의 된 사람을 두들기면 됐다.

칼콘이 주먹을 꽉 쥐었다.

높은 신진대사와 덩치를 위해 수명을 줄이는 쪽으로 진화한 종족. 오크의 주먹이다.

샌드백 따위도 쉽게 박살내니 대충 힘 조절해서 배에 한 방 꽂아주면 될 것 같았다.

"날 용서해, 지훈. 다 널 위한 거야!"

칼콘이 왼발을 내딛으며 그 반동 그대로 주먹을 휘둘렀다.

훅 하고 날아드는 게, 한 번 맞았다간 그대로 조부님 존안을 확인해 볼 수 있을 것 같았다.

'이런, 미친!?'

지훈은 주먹을 발견하자마자 바로 몸을 비틀었다. 배 앞으로 무슨 대포 같은 팔이 쑥 날아갔다.

"미친놈아, 지금 뭐하는 거야!"

"내 이름이 뭐야?"

"칼콘, 새끼야. 칼콘!"

"다행이야. 난 네가 유령에 쓰인 줄 알았어."

지훈은 어이없다는 표정으로 칼콘에게 욕지거리를 내뱉곤 반지로 손을 옮겼다.

아무리 애를 써도 빠지질 않았다.

'설마 이거 저주받은 물건인가?'

듣기론 몇몇 저주받은 아티펙트는 사용자에게 부정적인 영향을 준다고 했었다.

머리가 굳어 아무생각도 나지 않았다.

"오늘은 그만하자."

"이제 시작했는데 왜?"

"이 반지 저주 같은 것 같다. 안 빠져."

"내가 한 번 빼볼게."

반지를 물끄러미 바라보던 칼콘이 손을 뻗었다.

엄청난 힘에 저항하길 잠시.

이대로 뒀다간 손가락이 뽑힐 것 같아 그만뒀다.

"일단 이거부터 처리해야 할 것 같아."

"겨우 3달 만에 들어왔는데, 벌써 나가?"

"그래서. 내가 뒤지든 말든 상관없다?"

칼콘의 얼굴에서 여과 없는 불만이 흘렀으나, 토를 달진 않았다.

어차피 결정권은 지훈에게 있기 때문이었다.

둘은 공동묘지에서 나와 거리를 걸었다.

"몸은 좀 괜찮아?"

"이 정도로 죽을 거였으면, 벌써 골백번 넘게 죽었다."

"괜찮아 보이네. 근데 이제 어쩔 거야? 해산, 아니면 식별?"

"식별 먼저."

둘은 소위 말하는 '뒷골목'으로 향했다.

권능의 반지

1화. 권능의 반지

가로등 불빛 하나 닿지 않는 어두운 골목길.

드문드문 켜있는 기름 랜턴만이 이 장소에 사람이 드나든다는 것을 알려줬다.

몇 분이나 걸었을까?

문득 여자 그림자 하나가 다가왔다.

"오빠, 쉬고 가세요. 숏 열다섯, 긴 밤 스물이에요."

창녀인지 속이 비치는 옷에 진한 화장을 하고 있었다.

여느 뒷골목에나 있을 흔한 호객이었지만, 조금 다른 점이 있다면 저 여자가 엘프라는 것 정도였다.

본디 숲과 미의 종족으로 추앙받는 엘프였으나 그것도 전설이나 신화 속 얘기에 나왔을 때 얘기였다.

치안이 불안정한 이 시대에 있어, 뒷골목 엘프에 대한 취급은 상품 그 이상 이하도 아니게 됐다.

이종간 식인행위 및 성매매가 성행하자 정부는 이러한 범죄행위를 무겁게 처벌한다고 발표했지만…

그림자 속 실상은 이랬다.

"이종교배 관심 없다."

"열 장에 드릴게요. 입으로도 해줄게요. 얼굴에…."

"꺼져."

"제발요… 저 할당 못 채우면 맞아요. 도와주세요."

잠시 멈춰 엘프의 얼굴을 훑었다. 어두워서 잘 가늠되지 않았으나, 갓 성년이 된 듯 어려 보였다.

"딴 놈 알아봐."

"제발… 꺅!"

나오던 말이 뚝 끊어지며 쿵 하는 소리가 났다.

보다 못한 칼콘이 엘프를 밀쳐 벽에 몰아넣은 거였다.

"꺼지라는 소리 안 들려?"

"사, 살려주세요. 잘못했어요… 죽이지 마세요…."

"그 큰 귀가 거치적거리는 거야? 내가 도와줄게. 조금만 잘라내면 앞으로 잘 들을 수 있을 거야."

칼콘이 작게 으르렁 거렸다.

금방이라도 목덜미를 물어버릴 것 같았다.

"이 새끼! 너 뭐야!"

분위기가 험악해지자 남자 하나가 튀어나왔다.

방석집 경비 같았는데, 화기가 아닌 냉병기를 찬 모습에서 각성자라는 느낌이 묻어났다.

"칼콘, 그만."

칼콘이 얌전히 뒤로 물러섰다.

"별 일 아니오."

이쪽과 달리 경비에겐 별 일이 맞는 건지 으레 위협스러운 몸짓으로 다가왔다.

"돈 내놔. 저 년 건드렸지?"

"무슨 소리 하는 거요?"

"네 애완 돼지가 여자 더럽혔잖아. 배상하라고."

돼지라는 말에 칼콘이 허리춤에 있던 흉기로 손을 옮겼지만, 지훈이 슬쩍 손만 들어 제지했다.

"별 일도 아닌데 그냥 갑시다? 서로 피곤해지지 말고."

"너 돌았냐? 남에 물건 더럽혔으면 배상을 해야 할 거 아냐. 가긴 어딜 가."

저주 받은 아티펙트 때문에 기분 더러운데, 같잖은 놈이 시비를 걸어대니 짜증이 솟았다.

"존대 써줘가며 좋게 해결하자고 할 때, 그냥 가자."

단지 고개를 비틀고 쳐다볼 뿐이거늘, 지훈의 눈에선 형언할 수 없는 살기가 흘러나왔다.

언제 총과 칼이 날아들지 모르는 날카로운 침묵이 3초.

경비 쪽이 먼저 꼬리를 말았다. 어쭙잖은 협박 따위는 통하지 않는 상태라는 걸 깨달은 모양이었다.

"아, 앞으로 조심하고 다녀!"

'시시한 새끼.'

지훈은 경비를 뒤로하곤 한 가게로 들어갔다.

표지판에 '잡화. 아티펙트도 취급.' 이라고 적혀있었다.

◈

퀴퀴한 곰팡이 냄새, 입구에 잔뜩 쌓인 C4 그리고 방탄 유리로 둘러싸인 카운터가 인상적인 가게였다.

카운터 안에는 노인 하나가 기폭기로 보이는 리모컨을 만지작거리고 있었는데, 그 모습이 허튼짓을 했다간 화끈한 축객령을 내려 줄 것 같아 섬뜩해 보였다.

노인이 슬쩍 고개를 돌려 방문객을 쳐다봤다.

"지훈이니? 그 못생긴 낯짝 뭐한다고 또 들이밀러 왔니. 저 치우라, 토 나온디."

출신을 가늠할 수 없는 기괴한 사투리였다.

"잘 계셨수, 석중할배. 아티펙트 좀 처리하러 왔소."

이에 지훈은 존대도, 반말도 아닌 것 같은 비꼬는 투로 답했다.

"아티펙트? 새끼 또 관 땄니?"

"남이사 알 바 뭐요. 돈 받고 물건이나 사면되지."

"또라이 새끼. 그렇게 캔 커피 따먹듯 관 픽픽 따재끼민 네 목도 쥐도 새도 모르게 따이는 기야. 조심 좀 하고 살아라, 이 거지발싸개 같은 쓰애-끼야."

"장물아비 혓바닥이 뭐 그렇게 길어. 내 경험상 입 함부로 놀리면 오래들 못 살던데. 어떻게 생각하쇼?"

"하이고, 우리 미친 사냥개 지훈이. 썩은 고기만 처먹더니 드디어 맛이 간 게지? 내 그렇지 않아도 요즘 사는 게 재미가 없디. 내 저승길 동무 좀 되어 볼 테냐?"

석중이 픽 웃으며 기폭기를 주물럭거렸다.

"농담 몇 번 하다 뼈도 못 추리겠네. 잘 지내셨소?"

둘 사이에 욕설 섞인 과격한 안부가 오갔다.

"그 쯤 하면 됐디. 계집애마냥 서로 핥아주는 건 고마하고, 이제 물건이나 보자."

칼콘이 카운터 너머로 아까 도굴한 물건을 건네줬다.

"Supply hobujöudu(마력 공급)."

석중이 기묘한 말을 중얼거리자, 그가 쓰고 있던 안경이 은은한 빛으로 일렁거렸다.

"몽둥이 F, 도끼 E급. 식별비 포함 두 개 합쳐서 오 백."

"하, 너무 싼 거 아니요?"

"싫으면 딴 놈 알아보라."

"쯧, 더러워서."

지훈이 혀를 찼다.

"그리고 이 반지도 좀 식별해 주쇼."

지훈은 자기 팔을 강화유리 너머로 쑥 내밀었다.

꼭 혈압 측정기 쓰는 것 같은 자세였다.

"그 디런 손은 왜 내밀어. 혹 반지 안 벗겨지니?"

"뭔 수를 써도 안 벗겨집디다. 이거 혹시 저주받은 거요? 얼핏 듣기론 그런 게 있다던데."

"재수 옴팡지게 없으면 그렇디."

석중이 반지를 슥 훑어봤다.

"식별 안 돼. 이거 아티펙트 맞니?"

"아, 자세히 좀 봐 봐요. 대충 보지 말고."

"전혀 안 보인디. 둘 중 하나겠고마. 이 안경으로 볼 수 없는 B급 이상 이던가, 아티펙트가 아니던가."

노인은 잡고 있던 지훈의 팔을 묶어버리곤 이내 망치를 하나 가져왔다.

"잠깐, 잠깐만. 그거 아티펙트 조질 때 쓰는 거 아니요? 그걸 지금 왜 가져와!"

"안 보이는 걸 어쩌누. 그럼 때리 봐야지."

"부서지면 내 손가락도 같이 아작 나는 거잖아, 이 미친 노인네야!"

지훈이 발광했지만 이미 고정된 상태.

꼼짝없이 맞아야 할 처지였다.

"가만있으라. 엄한 곳 맞으면 뼈 조진디."

펄떡이는 생선 대가리 치듯 석중의 망치가 반지에 찍혔다.

깡!

"아아아악!"

"호오? 이보래이."

다행히 지훈의 손가락은 무사했다.

동시에 반지 역시 무사하다는 말이었다.

"자, 좋은 소식과 나쁜 소식이 있다. 뭐 먼저 들을래?"

"미국 짭새 흉내 그만두고, 빨리 알려주기나 하쇼."

좋은 소식은 저 반지가 B급 이상의 아티펙트란 사실이었고, 나쁜 소식은 그 반지에 문제가 있다는 거였다.

"나중에 제대로 스크롤 사서 식별해 보라."

식별 스크롤은 싸게 잡아도 100만원.

수입이 비정규적인 지훈에게는 부담되는 돈이었다.

"그래서 돈은 어떻게 줘. 평소처럼? 아니면 전부 현찰."

"까트 섞어서 주쇼. 피는 거 말고 씹는 거 위주로."

강화유리 너머로 쟁반이 돌아왔다. 오만 원 권 한 뭉치와, 담배 몇 개비. 이름 모를 식물 줄기 한 단이 들어 있었다.

지훈은 물건을 챙기곤 칼콘에게 몫을 나눠줬다.

"고마워. 다음 일은 언제야?"

"일 생기면 나중에 전화하지."

"나중에 전화할 것 없이. 나중에 시간 나면 다시 오라. 아는 땅굴잽이가 용병 필요하다 했디."

땅굴잽이는 밀수업자를 뜻하는 은어였다.

"물건 뭔데?"

"양아치들 물고 빨고 하는 거 뭐 있겠니."

"알겠소, 할배. 그럼 다음에 봅시다."

폭약과 곰팡이 냄새를 뒤로했다.

◈

지훈의 집은 개척시대 초기에 지어진 조립식 주택이었다.

지어졌을 당시에는 괜찮아 보였는지 모르겠지만, 시간이 지난 지금은 꼭 컨테이너 박스 2개를 이어붙인 것 마냥 초라해 보였다.

끼이익.

문을 열자 외관만큼 조촐한 실내가 펼쳐졌다.

부엌에는 설거지거리가 잔뜩 쌓여 있었고, 벽에는 언제 청소했는지 모를 기름때가 잔뜩 끼어 있었다.

"지금 몇 신데 이제 와?"

방 안에서 초췌한 목소리가 들려왔다.

지훈의 여동생, 지현이었다.

"일 하고 왔어."

"지랄하네. 무슨 일을 새벽에 해. 뭐하고 왔어?"

"시비 걸지 마라. 나 지금 피곤하다."

지현이 기가 차다는 표정을 지었다.

"여동생은 아파서 골골대는데, 매일 밤 싸돌아다니기나 하고!"

"일 다녀왔다고 했다."

야밤에 중노동은 물론, 아티펙트 때문에 격통에 시달린 터라 몸은 걸레요 마음은 녹초인 상태.

쓸 대 없는 싸움으로 체력을 낭비하고 싶지 않았다.

하지만 지현은 아니었는지 말 꼬리를 물고 늘어졌다.

"일 하는데 왜 돈이 안 들어 와! 솔직히 말해, 또 도박했지? 그래. 여동생은 죽어 가는데, 하나 있는 오빠는 밖에 나돌아 다니면서 계집질이랑 도박이나 하고 다니네. 집 꼬라지 잘 돌아간다 진짜!"

뭔가 반박하고 싶은 사실이 한 둘이 아니었지만, 지훈은 그냥 길게 한 숨만 내뱉고 말았다.

지현도 원래부터 저런 성격은 아니었다.

개척지에 갓 넘어왔을 때만 해도 굉장히 활달하고, 생활력 넘치는 멋진 여성이었다. 하지만 남자 잘못 만나면서부터 인생이 고꾸라진 것뿐이었다.

지현의 남자친구는 소위 '헌터'라 불리는 각성자로, 아티펙트 헌팅을 다니는 사람이었다. 사람도 싹싹하고 벌이도 좋아 지훈도 내심 둘이 결혼해서 행복하게 살길 바랐다.

하지만 문제가 하나 있었다.

바로 병이었다.

헌터들은 기본적으로 헌팅을 나가기에 앞서 헌터용 예방 접종을 맞았다. 지구와 다른 세드(포탈 너머)에서 있을 병을 예방하기 위함이었다.

하지만 지현이 받은 예방접종은 단순 개척자용.

결국 지현은 남자친구에게 듣도 보도 못한 병에 옮았다.

지현이 쓰러졌고, 모아놓은 돈은 치료비로 다 나갔지만 병이 나아질 기미는 보이질 않았다.

거기다 남자친구란 녀석은 병문안 한 번 오질 않았고, 이때다 싶었는지 바로 새로운 여자를 만났다.

결국 화를 참다못한 지훈이 그 놈을 찾아가 배에 칼을 박아 넣었다.

부와 명예를 얻기 위해 가슴 속 고이고이 품어줬던 꿈과 희망이 순식간에 박살나는 순간이었다.

이후 지훈은 옥살이를 했고, 출소 후엔 전과자 낙인 때문에 제대로 된 일을 구할 수 없었다.

결국 남은 일자리라곤 뒷골목에 널린 더러운 일들 뿐.

하지만 지현에게는 그런 사실을 알리질 않았다.

병과 고통으로 약해진 마음에 가벼운 죄책감이라도 얹으면 당장이라도 자살할 것 같아 무서웠기 때문이었다.

"약은 먹었냐?"

"안 먹었어. 약이 언제 나올지 모르는데, 꼬박꼬박 먹다가 갑자기 아프면 어떡해? 죽겠지. 그래, 넌 내가 그냥 죽었으면 좋겠지? 솔직히 꼬박꼬박 돈 나가는 거 짜증나잖아. 너 도박하고, 계집질해야 하는데 나 때문에 못하니까!"

도박, 여자.

지훈이 뒷골목 일을 처음 했을 때는 너무 힘들어서 몇 번 했으나, 끊은 지 한참 된 것들이었다.

"에휴. 됐고, 이거나 펴라."

지훈이 주머니에서 뭔가 꺼내들었다.

대금 대신 받은 담배였다.

"말 돌리지… 뭐야, 그거 까트야?"

"그래. 너 편해질까 싶어서 오늘 일 갔다 오는 길에 조금 얻어왔다."

지현은 마치 맹금류처럼 담배를 낚아챘다.

틱. 틱. 화르륵.

마치 급하게 약 복용하는 환자마냥 지현이 담배를 깊게 빨았다.

"아, 으아…."

"좀 덜 아파?"

"아… 어. 괜찮아."

지현은 멍 한 얼굴로 답하고 바로 관심을 담배로 돌렸다.

까트는 진정과 진통효과를 주는 마약성 약초였다.

여타 다른 향정신성 약품과 달리 부작용이 거의 없었으나, 사람을 나태하게 만든다는 이유로 불법인 물건이었다.

물론 그건 어디까지나 지구 얘기.

시골에서 양귀비가 돌듯, 원산지인 세드에선 테이블 아래로 자주 오가는 물품이었다.

"그리고 이건 생활비로 써."

돈을 테이블 위에 올려놓으며 말했지만, 돌아오는 대답은 없었다.

지훈은 반쯤 맛이 간 지현을 쳐다봤다.

보고 있자니 가슴 속에 뭔가 찌꺼기가 가득 낀 것 같은 느낌이 들었지만, 할 수 있는 건 아무것도 없었다.

수술비는 물론이오, 약 값 대기도 힘든 상황이다.

이렇게나마 그녀의 고통을 덜어줄 수밖에 없었다.

"잠깐 나갔다 올 테니까 집 잘 보고 있어라. 까트 줄기도 있으니까, 힘들면 좀 씹고."

"아, 알겠어."

지현은 까트라는 말에 반응하곤 고개를 끄덕였다.

지훈은 그런 그녀를 내버려 두곤 바로 밖으로 향했다.

'이쯤이면 아티펙트 상점도 문을 열었겠지.'

권능의 반지

2화. 식별

저주받은 아티펙트 때문에 마음이 무거웠다.

재수 없으면 죽을 수도 있다고 했던가?

아니나 다를까 반지를 살짝 건드리자 가벼운 고통과 함께 목소리가 들려왔다.

- Püüab kokku panna kasutaja keha. Palun oodake. Praegune ehitus määr 80. (사용자의 신체를 재구성 하는 중입니다. 잠시 기다려 주십시오. 현재 구성률 80%)

뚝뚝 끊기고 된소리가 많이 들어간 게 러시아어 같기도 오크어 같기도 했다.

'여기서 나는 건가?'

설마 싶어 다시 한 번 만졌다.

아까 들렸던 얘기가 토씨 하나 안 바뀌고 그대로 들려왔다.

이로써 지훈은 확신했다. 저 반지에는 뭔가 문제가 있었다.

지훈은 최대한 빨리 걸음을 옮겼다.

"반갑습니다. 무엇을 도와드릴까요?"

"식별 스크롤 좀 사고 싶은데."

"요즘 새로 나온 충전식 있는데, 그건 어떠세요?"

지훈은 고개를 저었다.

편리한 것으로 따지자면 충전식 기계가 훨씬 좋지만, 가격이 미친 듯이 비쌌다.

저런 고가의 물건들은 제대로 아티펙트 헌팅 혹은 레이드를 다니는 녀석들이나 쓸 수 있었다.

"그냥 일회용으로 주쇼."

"한 번 식별하시는 거면 매장 내에서도 도와 드릴 수 있습니다. 그 쪽이 가격은 더 저렴하십니다 고객님."

점원이 잘못된 높임말을 쓰며 영업용 미소를 지었다.

"필요 없으니까. 일회용 스크롤 달라고."

결국 일회용 스크롤을 사서 밖으로 나왔다.

"젠장. 더럽게 비싸네."

지훈은 손에 들린 스크롤을 내려다봤다.

한낱 종이일 뿐인데도 가격이 100만원도 넘었다.

점원 말대로 매장 내에서 식별을 받았다면 돈을 아낄 수 있었을지는 모르나, 전 주인이 각인 같은걸 해놨으면 그 자리에서 바로 쇠고랑 찰 수도 있었다.

아티펙트 절도는 중범죄였다.

"좋아, 도대체 뭐하는 물건인지 알아나 보자고. 식별."

지훈이 스크롤을 확 펼치며 반지에 정신을 집중하자 정보가 떠올랐다.

아니, 떠올라야 했다.

[감정 실패]

"뭐?"

감정 실패라니.

난생 처음 들어보는 말이었다.

상식을 벗어난 일에 지훈이 멍 하니 있는 사이 스크롤은 마치 분해되듯 서서히 공기 중으로 사라져 버렸다.

일당이 순식간에 날아가는 순간이었다.

"아, 안 돼! 감정도 못했는데 왜 없어져!"

공기 중에 흩어지는 스크롤을 잡으려 애써 손을 휘둘렀지만 헛수고였다.

패잔병마냥 허공만 쳐다보길 잠시.

멍한 머릿속으로 다시 한 번 목소리가 들려왔다.

- Füüsiline ümberkorraldamine lõpule. (신체 재구성 완료)

- Sisesta keeles teavet oma aju. (사용자의 뇌에 언어

정보를 입력합니다)

– Sul võib nõelamine vähe. (조금 따끔할 수 있습니다.)

인생 조지는 건 진짜 한 방이구나 하는 생각이 스쳤다.

머릿속에 '저주, 죽음, 좀비, 여동생, 장례' 같은 온갖 부정적인 생각들이 뛰어다니기도 잠깐. 마치 누가 머리에 못이라도 박는 것 같은 편두통이 느껴졌다.

"억!"

– 구동 완료.

머리를 매만지던 지훈의 손이 멈칫거렸다. 여태껏 모르는 언어만 들려오다 처음으로 아는 언어가 들렸던 까닭이었다.

'구동이라니. 뭔 소리야?'

– 본 물품은 사용자의 각성을 촉진 및 성장을 도와주는 반지입니다.

내용 둘 째 치고, 제일 먼저 든 생각은 요즘 술을 너무 많이 마신 게 아닐까란 생각이었다.

'각성을 도와준다고? 그딴 게 어디 있어. 그런 물건 있었으면 개나 소나 헌터 한다고 나댔겠지.'

매우 달콤한 얘기였지만, 삶의 모진 풍파에 잔뜩 담금질된 지훈에게 있어서 저 소리는 환청 그 이상 그 이하로 밖에 들리질 않았다.

이 세상에서 각성자가 되는 방법은 딱 두 가지였다.

운이 억세게 좋아서 자연 각성을 하던가, 약물 혹은 마법으로 강제 각성을 하던가.

게다가 후자는 확률은 낮은 주제 사람 수명은 엄청나게 깎아먹었기에 없는 방법이라고 봐야 옳았다. 총 맞지 않은 이상에야 제 목숨 걸고 확률놀음 할 놈이 몇이나 되겠는가.

게다가 각성 후에도 성장을 도와준다?

그런 편리한 것, 살면서 단 한 번도 들어보지 못했다.

'빨리 빼자. 이번에도 안 빠지면 바로 저주를 해제하는 방법을 찾아보자.'

지훈은 손가락을 뽑아버릴 기세로 반지를 잡았다.

– 해제 하시겠습니까?

'그래, 제발 빠져라!'

그렇게 생각하며 반지를 쑥 당겼다.

어제와 달리 너무나도 쉽게 쏙 하고 빠졌다.

'뭐야?'

이상했다.

어젯밤엔 미동도 하지 않던 반지가 어찌 이렇게 쉽게 빠진단 말인가.

지훈은 아까 뭔가 생각하면 대답이 들려오던 것을 감안, 속으로 이것저것 물어봤다.

진짜 환청이라면 반지에 상관없이 들릴 거였다.

뭔가 대답이 나올만한 질문을 생각했지만 돌아오는 답은

없었다. 지훈이 고개를 갸웃거리곤 손에 들고 있던 반지를 내려다봤다.

– 권능을 당신의 손안에.

어젯밤에 봤을 때는 모르는 언어였다.

'설마?'

애써 불안한 감정을 누르며 다시 한 번 반지를 껴봤다.

– 사용자 인식. 약간 따끔할 수 있습니다.

말이 끝나자마자 누가 쿡 찌르는 것 같은 통증이 지나갔다.

– 적합한 사용자. 권능의 반지 구동 완료.

이제 확신할 수 있었다. 환청 따위가 아니었다.

'진짜 각성을 도와주는 거라고? 아무런 손해 없이?'

– 사용자의 요구에 따라 정보를 전송합니다.

– 눈이 따끔할 수 있으니 주의해 주십시오.

'잠까….'

"악!"

채 말리기도 전에 눈에 주사바늘이 꽂힌 것 같은 고통이 스쳤다.

[정보]

이름 : 김지훈

종족 : 인간

이블 포인트 : 72

이블 포인트 칭호 : 무법자

등급 : F 등급 1티어

근력 : F 등급 (10)

민첩 : E 등급 (11)

저항 : F 등급 (0)

잠재 : S 등급 (??)

마력 : 감지 실패

이능 : 감지 실패

[신체 변이]

없음.

[이능력]

없음.

순간 어이가 없어졌다.

잠재 능력이 S인 것은 둘째 치고, 지훈이 각성자가 됐다고 나와 있기 때문이었다.

'무슨 웃기지도 않는 소리를… 내가 각성했다고?'

평소에 그렇게나 되길 원했던 각성자였지만 실제로 되고 보니 실감이 나질 않았다.

꿈과 희망이 넘치던 과거엔 매일 같이 각성자가 되길 염원하며 각성 검사를 받았다. 하지만 그럴 때 마다 결과는 항상 음성이었다.

근데 이제 와서 아무런 기미도 없이 각성자가 됐다?

굉장히 솔깃한 말이지만 믿을 수 없는 게 사실이었다.

'일단 저주받은 아티펙트는 아닌 건가?'

– 해당 물품은 저주받지 않았습니다.

'그럼 도대체 어제 겪었던 그건 뭔데?'

– 사용자가 각성자가 아닐 경우 강제 각성을 위한 신체 재구성에서 오는 고통입니다.

'어디서 약을 팔아. 도중에 빠지지도 않던데.'

– 육체를 재구성 하는 도중 반지를 빼면 육체가 오염될 가능성이 있습니다.

'뭐야, 강제 각성이야? 강제 각성이면 수명이 줄잖아.'

– 방법에 차이가 있기에 해당 방법은 줄지 않습니다. 설명을 원하신다면 설명해 드릴 수 있습니다. 소모 시간은 약 2시간입니다.

'됐어, 그만 둬.'

질문을 던질 때 마다 바로바로 대답이 돌아왔다.

참 묘했다. 현실은 시궁창이라며 꿈과 희망 따윈 스스로 씹어 먹어 버린 지훈이었거늘, 그런 그의 눈에서 조그마한 희망이 싹텄다.

말 그대로 아주 조금이었으나, 지금은 그 작은 변화만으로도 몸을 움직이기엔 충분했다.

'제대로 확인 해보자.'

마음에 짐이 줄었기에 훨씬 더 편안해진 마음으로 발걸음을 옮겼다. 이번에 도착한 곳은 보건소였다.

"뭘 도와 드릴까요?"

"각성 검사를 하고 싶은데."

자세한 각성 검사는 병원 혹은 마법사들에게 받아야 하지만 간단한 방법도 있었다.

소위 인바디라 불리는 체성분 검사였다.

인바디는 인체에 미세한 전기를 흘려 육체의 성분을 파악하는 기계로 주로 헬스클럽에 많았지만, 최근 들어선 간단한 각성자 검사에도 쓰였다.

"맨발로 올라가서 손잡이 잡고 계세요."

지훈은 손잡이를 잡고 기다렸다.

가벼운 전류가 흐르는 게 분명한데도 고통이나 이질감 따윈 전혀 느껴지질 않았다.

띠-띠디디. 띠~

"운동 같은 거 자주 하세요?"

애매한 질문이었다.

직업상 담넘기, 삽질, 칼질, 싸움 같은 건 자주 했으나 저런 걸 운동으로 봐야 할까?

"그냥 적당히 합니다. 맘먹고 하는 건 아니고."

"각성하셨네요. 축하드립니다."

"하?"

지훈은 어이가 없어져서 되물었지만, 돌아오는 대답은

각성했다는 것 밖에 없었다.

옛날에는 그렇게나 듣고 싶은 말이었음에도, 실제로 들어보니 어안만 벙벙했다.

굳이 비유하자면, 사지도 않은 복권이 당첨됐다고 들은 느낌일까?

"그거 잠깐 줘보쇼."

믿을 수 없었기에 결과표를 훑어봤다.

다른 건 모두 정상이었으나, 근밀도만 비정상적으로 높은 수치로 기록되어 있었다.

각성자는 기본적으로 등급에 따라 신체 능력에 보너스를 받는데, 그 중 당연히 근력도 있었기에 각성시 이렇게 비정상적인 수치가 나올 수밖에 없었다.

"이거 잘못된 거 아니오?"

"정상이에요. 조금 많이 놀라셨나보네요."

보건소 직원은 미소를 지으며 커피를 한 잔 건네줬다.

멍하게 앉아 커피나 홀짝이며 인바디 표를 뚫어져라 쳐다보고 있자니, 갑자기 짙은 현실감이 엄습했다.

'이거… 진짜다!'

꿈에 그리던 각성자가 됐다.

비록 등급이 F인지라 이능을 부리거나, 맨몸으로 총알을 튕겨내는 기행은 하지 못했지만, 썩어도 준치였다.

제일 낮은 등급의 각성자라고 해도 일반인에 비해서 신체 등급은 월등히 강력했다.

시험해 보기 위해 커피 스푼을 살짝 구부려보자, 무슨 엿가락마냥 손쉽게 구부러졌다. 하지만 힘이 강해졌다고 체력까지 강해진 건 아니었는지, 살짝 피곤했다.

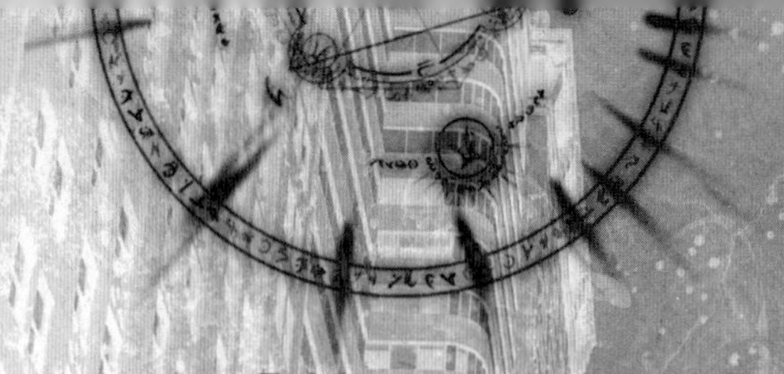

권능의 반지

3화. 잠재 능력 S등급

"왔어?"

집에 도착하자 지현이 까트를 씹고 있었다.

"말하는 꼬라지 봐. 동네 개 지나 가냐?"

"기분 잡치게 왜 오자마자 시비야."

"됐다. 말을 말자. 밥은 먹었냐?"

지현 앞에 털썩 주저앉았다.

"이거 씹으면 배 안고파서 괜찮아."

까트는 열은 진통과 진정 효과가 있는 반면 사소한 부작용이 있었다. 바로 식욕 저하와 나태함이었다.

아마 배가 고프지도 않고, 차리기도 귀찮으니 먹지 않은 모양이다.

"좀 먹어라. 그러다 또 아프면 어쩌려고?"

"꼬우면 해주던가."

순간 화딱지가 나서 한 마디 하려다 말았다.

상대는 환자였다.

결국 어쩔 수 없이 가벼운 식사를 준비했다.

"몸은 좀 어때?"

"괜찮아. 근데 까트는 어디서 구했어? 요즘 단속 심하잖아."

"석중 할배."

"돈은? 또 도박했어?"

저번에도 말했듯 도박은 끊은 지 한참 됐다.

하우스 경비로 일하며 딸 확률이 얼마나 낮은지 깨달았기 때문이었다.

"도박 끊었다고 몇 번을 말해. 그리고 계집질도 안 해."

"그럼 도대체 뭘 해서 돈 벌었는데? 사람이라도 죽였어?"

사람을 죽였냐는 말에 덜컥거렸다.

어제는 아니어도 분명 근래에 누구 죽이긴 했다.

"헛소리 그만하고 밥이나 먹어."

메뉴는 보급용 채소가 들어간 야채 죽으로 정해졌다.

맘 같아선 좀 더 영양가 있는 음식을 해주고 싶었지만, 식량 인플레 때문에 가격이 만만찮아 어쩔 수 없었다.

약 값이랑 월세만으로도 사정이 빠듯하니 울며 겨자 먹기로라도 식비를 줄여야만 했다.

'이제 각성자가 됐으니, 벌이가 조금 더 나아질 거다. 조금만 더 참자.'

조금만 더 기다려 달라는 생각을 하며 지현을 쳐다봤다.

"뭘 그렇게 봐."

"아니, 그냥."

한 동안 식기 소리와, 멀찍이서 라디오 소리만 들렸다.

"오빠."

"왜."

"음… 어, 이거 맛있네."

지현이 부자연스럽게 고개를 돌렸다.

"뭐. 용돈 떨어졌냐?"

"미안해."

갑자기 툭 튀어나온 말이 굉장히 낯설게 느껴졌다.

지훈의 눈이 초승달마냥 휘었다.

"요즘 너무 심한 말 한 것 같아. 아프고, 힘든데… 난 할 수 있는 것도 없고. 오빠는 항상 밤에 나돌아 다니니까 속상해서 그랬어. 내가 잘못했어."

굉장히 오래간만에 듣는 사과.

그간 쌓였던 감정들이 사르르 녹는 것을 느꼈지만, 지훈은 부끄러웠기에 표현하진 않았다.

"무섭게 왜 그러냐. 진짜 어디 아픈 거 아냐? 빨리 약 먹어야겠다."

"사람이 사과하는데 그게 할 말이야?"

지현이 얼굴을 찡그리며 욕설을 내뱉었다. 그제야 지훈은 조금 편한 표정을 지었다.

"이제 좀 정상 같네. 나 좀 잘 테니까 깨우지 마라. 밤이나 새벽에 일어날 거야."

"그러던가. 나 좀 밖에 나갔다 온다. 돈 좀 가져가도 돼?"

지훈은 머릿속으로 돈 계산을 했다.

이번 달 집세랑 약 값, 그리고 남은 돈으로 식비를 대면 딱 맞아 떨어지는 돈이었다.

빠듯했다.

'근데 그래서 뭐 어쩌라고.'

지훈은 이제 각성자다.

저 정도 지출은 상관없을 것 같았다.

"가서 영양가 있는 음식 좀 사먹어. 근데 밖에 나가도 되겠어? 오늘 아파 보이더만."

"괜찮을 것 같아."

지훈은 그런 지현을 배웅하곤 이불 위에 몸을 뉘였다.

'진짜 각성자가 된 건가. 그렇게 되고 싶었는데, 정작 되니까 별 감흥이 없다.'

지훈은 눈을 감았다.

하루 종일 바쁘게 움직인 까닭인지 몸이 녹아드는 것 같은 느낌과 함께 순식간에 피로가 몰려왔다.

◈

―봄에 이어…… 무덤을 파헤친…… 경찰 당국은… 강력 범죄…… 가디언에게 의탁……

얼마나 잤을까.

현실과 꿈의 경계가 모호해지며 드문드문 라디오 소리가 들려왔다.

'몇 시지.'

저녁 6시. 점심 쯤 누웠으니 그럭저럭 피곤을 떨쳐낼 만큼은 잔 거였다.

지훈은 몸을 일으켜 기지개를 쭉 폈다.

어제 강도 높은 노동을 한지라 몸 여기저기가 결려야 했지만 그런 거 전혀 없이 상쾌하기만 했다.

각성의 여파였다.

'확실히 각성하니까 몸이 달라지네. 그나저나 저거 무슨 뉴스야?'

잠결에 들은 내용인지라 정확히 알기 위해 귀를 기울였다.

대충 들어보니 어제 관을 딴 게 방송을 탄 모양이었다.

'가디언은 개뿔. 바쁜 놈들이 뭐한다고 나 같은 잡범을 쫓아?'

수배됐다는 사실을 들었음에도 지훈은 콧방귀만 꼈다.

이 도시. 정확하겐 서울 포탈 너머에 있는 개척지는 치안이 굉장히 좋지 않았다.

관광객이 아무것도 모르고 야밤에 나돌아 다녔다간, 10분 만에 강도-강간-살인으로 피해자 올림픽 그랜드 슬램을 달성할 수 있는 도시였다.

이런 강력 범죄가 넘쳐나는 도시에서 도대체 뭐 한다고 도굴꾼 따윌 잡는다고 가디언까지 파견한단 말인가?

녀석들은 강력범죄 처리하기도 바빴다.

아마 저건 안심하라고 내보내는 전시용 뉴스리라.

언제까지나 계속 누워 있을 순 없었으므로 대충 일어나 몸단장을 하곤 끼니를 때웠다.

지현은 외출한 후로 돌아오지 않았는지 보이질 않았다.

'이 놈의 지지배는 여태 뭘 하고 싸돌아다니는 거야.'

들어오면 한 소리 해야겠다고 마음먹고 전화기로 향하려는 찰나, 눈에 이상한 쪽지 한 장이 들어왔다.

누군가 문틈 아래로 집어넣은 듯, 신발 사이에 껴있었다.

서권곽 무덤 네가 팠지?

종이를 불로 지져서 만든 듯 글자 주변에 그을음이 잔뜩 묻어 있었다.

지훈은 그걸 보자마자 마치 등 뒤로 누군가가 칼이라도 대고 있는 것 같은 섬뜩함을 느꼈다.

'씨발… 이거 뭐야. 누가 보낸 거야.'

혀에 시멘트를 머금은 것 같은 기분이었다.

현재 이 도시는 만성 전기 부족에 허덕이는 터라 CCTV가 없음은 물론, 치안 병력도 모자라 경범죄는 방치하고 있는 상태였다.

공권력일 가능성은 적었다.

'애초에 공권력이었으면 자고 있을 때 수갑 채웠을 거다. 누구지?'

알 수 없었다. 단지 혼란스러운 가운데 무덤 주인의 지인이 아닐까 라는 생각이 들었다.

쪽지의 발신인을 알아봐야 했기에 바로 외출 준비를 했다. 나가기 직전 지현에게 메모를 남기는 것도 잊지 않았다.

오늘은 모텔에서 자라.

혹시라도 부재중 무슨 일이 생길까 하는 우려에서였다.

상대가 지훈을 찾아다녔다면 분명 뒷골목 여기저기를 헤집고 다녔을 터. 그럼 굳이 정보상을 찾아갈 필요도 없이 석중에게 가는 게 빨랐다.

"돈 벌어서 좀 쉴 줄 알았드마. 벌써 왔니? 가서 여자라도 안으면서 회포라도 풀지."

석중은 육포 비스므리한 것을 씹으며 농을 건넸다.

"뭘 그렇게 맛있게 먹소?"

"오크 고환 말린 것. 이게 남자에 그래 좋다 하드마."

순간 칼콘 생각이 나며 사타구니가 아려왔다.

"또라이도 아니고 그런 걸 왜 먹소, 도대체?"

"니는 아침마다 펄떡펄떡 하이 그런 말 하는 기지. 뭔 짓을 해도 고추에 반응이 없으면 무슨 기분인지 아니?"

정신 나간 늙은이랑 더 대화를 했다간 이쪽도 맛이 갈 것 같았기에 바로 본론을 꺼냈다.

"그나저나 혹시 나 찾는 사람 없었소?"

석중은 잠시 반 쯤 벗겨진 머리를 긁었다.

"그러고 오늘 점심에 양키 하나 왔었디. 머리 붉고 왼쪽 얼굴에 화상 있는 여자. 근데 그게 와?"

"그 년 우리 집까지 찾아왔소."

"관 딴 거 걸렸구나? 거 보래 내 뭐라 했니. 남의 관 따재끼다 목 따이는 기라고. 거 잘 됐네, 이 벌그지 쓰애끼야."

"할배. 나 지금 진지하니까 농담 그만두쇼."

"쯧. 별 말 없더라. 언제 한 번 찾아간다고 했드나, 뭐라나? 그래 전해 달라 했디."

뭔가 이상했다. 범인이 누군지도 모르는 상태에서 찾아간다는 말 먼저 하다니?

"잠깐. 관 따기 한 사람이 누구냐곤 묻지 않았소?"

"없디. 이 쓰애끼, 내가 그 정도 사람으로밖에 안보이니!"

아무리 거래관계라고 한들 명분이나 이익 없이 상대를 팔아넘기는 짓은 하지 않는 게 뒷골목의 불문율이었다.

'그럼 도대체 내가 관 딴 건 어떻게 안거야?'

"그 년 혹시 어디로 갔는지 아시오?"

"시체 구덩이 가보라. 그 놈이면 알그다."

시체 구덩이.

살벌하기 그지없는 이름과 달리 술집이었다.

하지만 테이블 아래로는 엄청난 일이 벌어지는 장소인데, 거대 범죄조직 언더 다크와 접점이 있음은 물론, 기타 불법적인 거래나 계약이 체결되는 장소였다.

그만큼 뒷골목의 소문이나 정보는 저 곳에 모인다고 봐도 무방했다.

"할배, 정보 고맙소. 나 이제 가봐야겠소."

"꼴 보이 길가다 객사할 것 같디. 조심하고 다니라."

"개소리 집어치우고, 오크 부랄이나 마저 드쇼."

◈

시체 구덩이는 신시가지와 구시가지 중간에 있었다.

경계에 딱 걸친 모습이, 마치 흰색도 검은색도 아닌 회색 같았다.

"오~ 지훈. 오래간만!"

"생맥으로 한 잔 줘."

다짜고짜 물어볼 수도 없었기에 예의상 맥주를 시켰다.

주인은 능숙하게 맥주를 내려놓곤 지훈 쪽으로 살짝 몸을 기울였다.

– 방송도 타고 좋겠어. 어떻게 이장 사업은 잘 됐어?

– 듣는 귀 많은데 헛소리 그만 하지. 내가 잡혀가서 혓바닥 나불대면 너도 좋을 거 하나 없을 텐데?

"역시는 역시 역시군. 넌 유머가 너무 부족해."

"만화 대사 같은 것 좀 따라하지 마라. 오글거린다."

"오, 너도 아는구나?"

주인이 하는 말을 한 귀로 흘리며 맥주를 들이켰다.

달콤 쌉싸름했다.

주당들, 그러니까 지훈 같은 사람들이 간혹 '술은 달다.' 하는 농을 던지긴 했지만 이번엔 아니었다. 진짜로 달았다.

"뭐야, 이거 왜 달아?"

"세드산 보리야. 골든 하플링들이 키운 보리로 만들었지."

"이런 빌어먹을. 내 주머니 사정 알면서 이딴 괴랄한 물건을 가져와? 도로 가져가."

일반 맥주는 그럭저럭 사먹을 만 했지만, 세드산 맥주는 얘기가 달랐다.

게다가 골든 하플링이면 농업 쪽으로 둘째가면 서러울 종족이 아니던가.

당장 저 맥주를 지구로 가져다 팔면 가격이 어마무시 할 거였다. 그러니 포탈 넘기 전이라 세금 떼고 계산한다고 해도 한 잔에 양주 뺨따구 후려 칠 정도로 비쌀 게 분명했다.

지훈은 돈 절대 못 낸다며 배짱을 부렸다.

"그냥 들여온 기념으로 한 번 꺼내본 거야. 돈은 됐어."

"이런걸 공짜로 준다? 뒤쪽 수입이 좀 짭짤하신가봐?"

"뭐 지훈 같은 사람들이 도와주니 편하지. 저번에 엘프 건은 고마웠어."

엘프라는 말에 지훈의 얼굴이 조금 어두워졌다.

"그 녀석 어떻게 됐지? 암놈 같았는데."

주인은 갑자기 그건 갑자기 왜 궁금하냐고 물었지만, 지훈은 대답만 재촉했다.

"도축 됐을 걸. 요즘 암시장에서 엘프 고기 먹어보려고 환장한 놈들 많아."

"쯧."

"그나저나, 오늘 바쁘지 않으면 일 좀 도와주지? 언더 다크 쪽에서 좋은 일거리가 하나 들어왔어."

"될 수 있으면 그 녀석들이랑은 엮이고 싶다고 했잖아."

"왜~ 벌이 좋잖아."

"돈이 급하면 모를까 제정신 박혀 있을 때는 될 수 있으면 그 녀석들과는 거래트기 싫다. 그리고 오늘은 일 때문에 온 것도 아니고."

"호오, 그럼 무슨 일로 왔는데?"

지훈은 맥주를 홀짝거리곤 말했다.

"혹시 나 찾는 사람은 없었나?"

"오늘 오후에 한 명 있었어."

불길한 예상이 점점 현실이 되어갔다.

손으로 얼굴을 쓸었다.

"뭐라고 했는데?"

"몰라, 지훈 혹시 반지 같은 거 훔쳤어? 잘 가지고 있으라고 하던데."

"혹시 관 땄냐고 물어보진 않던가?"

"전혀. 물어봤다고 해도 내가 대답해 줬을 리가 없잖아?"

'도대체 네가 관 딴 건 어떻게 안거야?'

석중도 아니고, 시체 구덩이 주인도 아니라면 도대체 어떤 방식으로 알아낸 건지 감이 잡히질 않았다.

저 둘을 제외하고도 지훈이 간혹 도굴을 한다는 사실을 아는 사람은 있었으나, 그들은 일반인이 함부로 찾아갈 수 없는 위험한 사람이 대부분이었다.

'일단 녀석은 이 반지에 대해 알고 있다.'

저건 반지의 전 주인과 관련 있는 인물이라는 얘기였다.

'언행으로 보건데 내가 반지를 꼈다는 사실을 명백하게 알고 있는 것 같다… 보복이 목적이라면 습격했어도 됐을 건데 왜 그런 말을 남긴 거지?'

정보가 더 필요했다.

'골통 깨지겠네. 빌어먹을.'

권능의 반지

4화. 예상치 못한 방문자

지훈은 혼자 정리할 시간이 필요했기에, 주인에게 목례하고 가까운 공원 벤치에 앉았다.

웬 겁 없는 젊은 커플이 공원 구석에서 찐한 스킨십을 나누고 있었지만, 무시했다.

'도대체 그 빨간 양키는 누구고, 뭐하는 년이야?'

지훈은 앞이 막막해져 담배를 물었다.

이후 불을 붙이려 라이터를 찾았지만 놓고 왔는지 주머니를 전부 뒤져봐도 없었다.

'젠장.'

담배를 꺾으려는 순간 웬 불 하나가 슥 다가왔다.

평소 같았으면 바로 불을 붙인 뒤 고맙다고 목례를 했겠지만, 이번엔 그러지 못했다.

"담배 안 필거야?"

왜냐하면…

불이 라이터가 아닌 손가락 끝에서 솟아났기 때문이었다.

조심스럽게 고개를 들어 목소리의 주인을 쳐다봤다.

"안녕, 김지훈. 권능의 반지의 두 번째 주인."

붉은 머리, 왼쪽 얼굴에 화상 가득한 미녀가 보였다.

'이런 썅….'

화상만 아니었다면 굉장히 아름다운 얼굴이었다.

지금도 얼굴과 화상 사이에 묘한 괴리가 있어 뒤틀린 매력이 뿜어져 나왔으나, 지금은 그게 중요한 게 아니었다.

어정쩡한 침묵 사이로 담배만 탔다.

"안 피나보네."

여자가 손가락을 튕기자 순식간에 불이 사라졌다.

'마법사?'

몇 가지 도구만 있다면 일반인도 손가락에 불붙이는 기행을 할 순 있겠지만, 정신 나간 놈 아니고서야 그딴 짓 할리가 없었다.

'도대체 왜 마법사가 여기 있지?'

마법사는 굉장히 귀한 존재였다.

애초에 재능과 노력이 동시에 만족돼야만 될 수 있는 게 마법사였다.

게다가 혹여 됐다 한들 공부만 한 샌님이 대부분이라, 식별 전문 기업인 아이덴티티에 취직을 하거나 마도학자가 되는 게 보통이었다.

앉아서 돈 편히 벌수 있는데 굳이 포탈을 넘어 올 필요가 없었기 때문이었다.

그럼에도 굳이 위험천만한 세드로 넘어온다?

위험천만한 사람일 가능성이 백에 구십이었다.

"누구쇼?"

지훈은 그렇게 말하며 슬쩍 몸을 돌려 언제든지 도망칠 수 있게끔 준비했다.

"일부러 묻는 거야? 알 거라고 생각했는데."

"거 재미있는 양반이네. 모르니까 묻지 알면 왜 묻나?"

공원 주변을 훑었다.

혹 목격자라도 있으면 과격한 상황을 피할 수 있을 거란 생각에서였으나, 안타깝게도 아무도 보이질 않았다.

'이런 미친. 물빨하던 연놈들은 어디로 갔어?'

이제 공원에 남은 사람은 지훈과 여자 단 둘.

곧 사람 하나 죽어나가도 아무도 모른다는 말이었다.

"진짜 몰라?"

"양키랑은 연이 없어서 말이오. 마약 거래 할 때 한 번 보긴 했는데, 그 때도 서로 총질한 사이라 좋은 사이는 아니지."

여자는 재밌다는 듯 킥킥거렸다.

“Neli naljakas mees. (재미있는 남자네.)”

러시아 어처럼 뚝뚝 끊기고 된소리가 많이 들어간 말.

언젠가 들어 본 언어였다.

'반지가 말했던 언어랑… 똑같다?'

부정하고 싶어도 빼도 박을 수 없을 정도로 똑같았다.

설마 했던 의심이 불길한 확신으로 물들기 시작했다.

'튀어야 하나?'

일단 여자는 몸이 꽉 맞는 스키니진과 체크무늬 셔츠를 입고 있었다. 무기를 숨길 공간이 없는 의복이니 총기류는 가지고 있지 않겠지.

하지만 문제는 저 여자가 마법사라는 거였다. 전력으로 도망친다 한들 무슨 방법으로 공격해 올 지 알 수 없었다.

“그럼 정식으로 소개하지. 반가워, 나는 아쵸푸므자야.”

무슨 이유로 찾아왔는지는 모르겠으나, 저쪽은 지금 지훈이 이 반지를 도굴을 통해 얻었다는 것을 아는 상태.

지금은 대화를 하고 있다고 한들 얼마 못 가 전투가 벌어질게 분명했다.

마법사와 정면으로 싸워서 이길 가능성이 얼마나 될까?

진다.

뭘 해도 진다.

말할 것도 없었다.

'기습해야 된다!'

지훈은 주머니에 넣은 상태 그대로 권총 방아쇠를 당겼다.

퓨퓨퓨퓨!

쟈켓 주머니가 찢어지며 순식간에 총알이 쏟아졌다.

"아?"

아쵸푸므자가 슬쩍 고개를 내려 복부를 쳐다봤다.

"곱게 뒈져 줄 생각 없다, 이 빌어먹을 마법사 새끼야!"

지훈은 멍 하니 서있는 아쵸의 얼굴에 주먹을 꽂았다.

그리곤 나무토막처럼 쓰러진 아쵸의 머리와 목, 복부에 순서대로 남은 총알을 모조리 박아 넣었다.

다시는 일어설 수 없는 치명상이었다.

타타탓!

지훈은 바로 도망쳤다.

방금 살폈을 때 목격자는 없었으니 최대한 빨리 이 장소를 벗어날 요량이었다.

몇 걸음이나 달렸을까?

문득 뒤에서 사람 일어나는 것 같은 불길한 소리와 함께…

"süüde(발화)."

눈앞이 붉게 물들었다.

– 이블 포인트가 3점 올랐습니다. 현재 포인트는 75입니다. 생명 소거까지 15점 남았습니다.

⟐

– Seeon tõesti huvitav inimene. Ei hirmu.

(신선한 친구네. 재밌어.)

몽롱한 정신 사이로 여자 목소리가 들렸다.

동굴에서 말하듯 울림이 심했으나 듣는 데에는 문제는 전혀 없었다.

'빌어먹을. 방금 뭐였지?'

깨질 것 같은 머리를 부여잡으며 눈을 떴다.

현재 지훈은 방금처럼 벤치에 앉아 있는 상태였다.

'꿈이었나?'

꿈이어야 했다.

온 몸에 불이 붙어, 미친 듯이 비명을 지르다 쓰러졌다.

꿈이 아니고서야 어찌 살아있을 수 있단 말인가?

'요즘 스트레스를 너무 많이 받았나… 더럽게 재수 없는 꿈을 꾸네. 젠장.'

시쳇말로 몸이 아플 때는 약을 먹고, 정신이 아플 때는 담배를 펴야 한다고 했다.

지훈은 담배를 꺼내 물었다.

이후 불을 붙이려 라이터를 찾았지만, 놓고 왔는지 주머니를 전부 뒤져봐도…

"여기. 불."

눈앞으로 불이 슥 다가왔다.

"어이구, 고맙…."

때 마침 불이 나타나 한 입 빨려다가…

문득 엄청나게 섬뜩한 기시감을 느꼈다.

– süüde(발화).

시선조차 피하고 싶을 정도로 큰 공포가 밀려왔으나, 사람의 호기심은 자연스럽게 그 대상을 좇게 만들었다.

"안녕?"

아쵸와 지훈의 눈이 마주쳤다.

목이 잘린 닭과 대화하는 기분이 이럴까?

죽은 인간이 말을 한다는 건 상상 이상으로 소름끼쳤다.

"이런 개 썅!"

그 공포는 바로 행동을 유발했고, 지훈은 다시 한 번 권총을 난사했다.

이번엔 확인 사살을 할 것도 없이 달렸다.

도망치고 싶었다.

하지만…

"süüde(발화)."

◈

꿈과 현실의 경계가 몇 번이나 어그러졌을까?

적어도 한 손 가득 세어봐야 할 정도 됐을 때 즘 돼서야 지훈은 조금 진정할 수 있었다.

"씨발… 나한테 도대체 무슨 짓을 한 거야…."

"이제 대화를 할 마음이 조금 생겼어?"

지훈은 힘없이 고개를 끄덕였다.

마음 같아선 욕을 잔뜩 해주고 싶었지만, 무슨 이유에선지 머리가 너무 아파 와서 그럴 기운도 없었다.

"그래서, 어디까지 했더라… 그래. 반지 처음 꼈을 때 무슨 말 들었는지 기억 않나?"

저항해 봐야 소용없다는 사실을 알았기에 순순히 대답했다.

"모르는 언어였다. 처음엔 환청인줄 알았어."

"그래서 안 뺀 거구나. 어쩔 수 없었네."

아쵸푸므자는 알겠다는 듯 고개를 끄덕였다.

"지금 네가 끼고 있는 반지는 너를 위한 물건이 아니야. 그건 알고 있지?"

정확하게 들은 적은 없었지만, 정황상 짐작은 했다.

"그래서… 나를 죽일 건가?"

"딱히. 권곽도 이미 죽었으니까 상관없어. 난 단지 몇 가지 알려주려고 왔을 뿐이야. 그 반지가 뭐하는 물건인지 알아?"

"권능의 반지. 각성 제어 기능이 있다."

"정확해. 그럼 악인이 쓰면 죽는다는 것도 알겠네?"

"뭐?"

정신없어서 그냥 넘어갔지만 정보 창에 분명 이블 포인트라는 게 있긴 했었다.

"다행히 제 때 왔나보네. insormatsioon(정보)."

정보라는 말에 반지가 공명을 시작하더니, 허공에 반투명한 창이 떠올랐다.

[정보]

이름 : 김지훈

종족 : 인간

이블 포인트 : 75

등급 : F 등급 1티어

근력 : F 등급 (10)

민첩 : E 등급 (11)

저항 : F 등급 (0)

잠재 : S 등급 (??)

마력 : 감지 실패

이능 : 감지 실패

[신체 변이]

없음.

[이능력]

없음.

“Evil on juba 75 punkti? Ohtlikud(이블 포인트가 벌써 75? 위험한데).”

“이봐, 알아들을 수 있는 언어로 말해줄 순 없나?”

“Mis sa räägid. Kõik andmed on juba sisestatud keeles oleks? (이미 언어 정보는 전부 들어가 있을 텐데?)”

“뭔 소릴 하는지 모르겠군. 내가 어떻게 네 말을….”

지훈은 말을 하다 입을 다물었다.

분명 소리로는 모르는 언어를 들었음에도, 원래 그 뜻을 알고 있었던 것 마냥 머리에서 해석이 됐기 때문이었다.

“근데 이블 포인트가 도대체 뭐지? 등급과 능력치는 많이 들었지만 저건 처음 보는 내용이다.”

아쵸는 잠시 볼을 긁적거렸다.

“간단하게 말해줄게. 이블 포인트는 네 선악을 알려주는 잣대야. 저게 90이 넘는 순간 넌 죽어.”

담담한 말투와 달리 그 내용은 사형선고나 다름없었다.

현재 포인트는 75. 죽음까지 겨우 15밖에 남지 않았다.

‘빌어먹을… 그럼 도대체 뭘 하고 먹고 살라는 거지?’

앞길이 막막했다.

보통 사람들은 각성자가 되면 헌팅 길드나 연구원이 되는 게 보통이었지만, 지훈은 그럴 수 없었다.

바로 전과 때문이었다.

언더 다크가 생겨난 이후 각성자 범죄가 판을 쳤기 때문에, 전과가 있는 사람은 양지에서 단체 활동을 할 수가 없었다.

그렇다면 돈을 벌기 위해선 혼자 팀을 꾸려 사냥을 나가야 했지만, 그러려면 초기 자본이 엄청나게 많이 필요했다.

도대체 그 돈은 어떻게 번단 말인가?

이블 포인트만 아니었다면 눈 딱 감고 언더 다크 쪽 더러운 일 한 번 하면 됐지만, 이제와선 그럴 수도 없게 됐다.

"잠재 능력은 대단하네. S등급 이라니 저런 건 듣도 보도 못했는데 말이야."

심각한 지훈과 달리, 아쵸프무자는 마치 품평하듯 정보를 슥 훑었다.

"그럴 리가. 물음표 찍혀 있으니 단순 오류겠지."

지훈 얼굴에 조소가 걸렸다.

행운과는 거리가 먼 자신이 S등급이라니.

믿기 힘들었다.

"S랭크 맞아. 무슨 이유에서든 드러나질 않는 거지."

지훈의 눈동자가 살짝 흔들렸다.

저 말은 곧 엄청난 잠재력이 있다는 말을 의미했다.

"뭐 어때. 확인해 보면 되지."

그녀의 손이 지훈의 어깨 위로 올라왔다.

“맞다. 좀 따끔할 거야.”

“뭔 짓을 할 생….”

그러고 보면 처음 반지를 낄 때도 그랬었다.

약간 ‘따끔’ 할 수 있다고.

– 인위적인 마나 주입 감지.

– 사용자 보호를 위한 주문 역계산 실시.

– 실패!

– 격통에 대비하십시오.

“으어우으윽!”

온 몸이 일그러지는 것 같았다.

– 상황 분석.

– 강력한 변이계 마나.

– 신체, 정신 혹은 영혼에 오염이 발생할 수 있습니다.

“나… 한테 도대체 무슨… 짓을 한 거야.”

“조금만 참아봐. 아마 곧 좋은 일이 일어날 거야.”

“이 빌이 먹을… 갈보년이…!”

지훈은 온 몸에 핏줄을 세운 체 금방이라도 아쵸를 씹어 먹을 듯 쳐다봤다. 그리고 그 순간!

– 티어가 올랐습니다. 확인해 주세요.

– 티어가 올랐습니다. 확인…

– 티어가 올랐습니다. 확…

– 티어가 올랐습니다…

– 티어가 올랐…

– 티어…

– 신체가 변이됐습니다.

– 신체가 변이됐습니다.

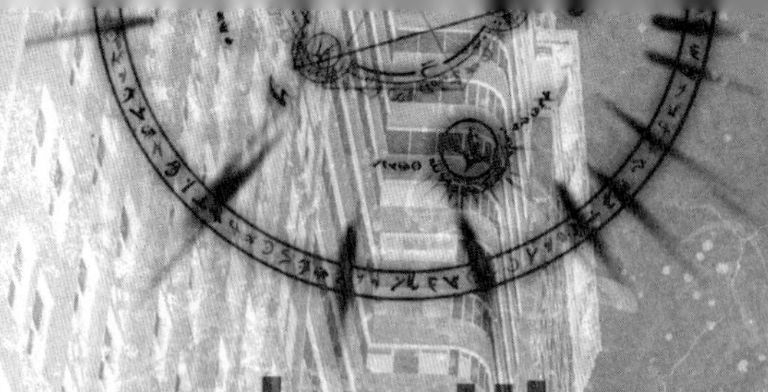

권능의 반지

5화. 그을음 냄새가 나는 여자

NEO MODERN FANTASY STORY

머릿속에 티어가 올라갔다는 말만 계속 반복됐다.

"이, 이게 도대체 뭔?"

그 뿐만 아니라 몸도 살짝 가벼워진 느낌이 들었다. 꼭 무거운 옷을 벗은 것 같았다.

'정보.'

등급 : E등급 4티어 (+14)

보너스 점수 : 14

근력 : F 등급 (10)

민첩 : E 등급 (11)

저항 : F 등급 (0)

마력 : F 등급 (4) (신규!)

잠재 : S 등급 (??)

이능 : 감지 실패

정보를 보자 입을 떡 벌릴 수밖에 없었다.

보통 각성자가 티어를 올리기 위해선, 사선을 넘나드는 경험을 몇 번이나 겪어야 했다.

등급도 아닌 겨우 티어 하나 올리기 위해서 말이다! 그렇게 목숨 걸고 티어업을 열 번 해야 등급이 올라갔다.

하지만 지훈은 달랐다.

잠재력이 높았던 만큼 간단한 경험으로도 티어는 물론 등급까지 치솟았다.

'이런 미친… 도대체 무슨 일이 일어난 거야?'

게다가 저 보너스 점수는 또 무엇이란 말인가?

다른 개념들은 대강이나마 알고 있었지만, 보너스 점수는 정말 난생 처음 듣는 소리였다.

원래는 티어가 오르면 능력 하나가 무작위로 상승됐다.

중요한 건 무작위라는 사실이었다.

하지만 현재 반지를 통해 본 정보 창에는 마치 게임마냥 원하는 곳에 능력을 투자할 수 있다고 나와 있었다.

'진짜 가능하단 말이지? 그럼 근력에 4점, 민첩에 2점.'

근력과 민첩은 말 그대로 육체의 힘과 스피드를 나타내

는 능력으로, 싸움의 기본이 되는 능력치였다.

– 반영되었습니다.

근력 : F 등급 (10) = 〉 E등급 (14)

민첩 : E 등급 (11) = 〉 E등급 (13)

'저항에 5점'

저항은 외부 충격 및 질병에 대한 면역력을 제공하는 능력치로, 헌터들이 몬스터와 직접 몸싸움을 할 수 있게 만들어 줬다.

비록 저등급에선 일반인과 별 차이가 없을지 모르나, 추후 고등급이 되면 총알은 물론 몬스터의 공격까지 방어해낼 수 있었다.

– 반영되었습니다.

저항 : F 등급 (0) = 〉 F 등급 (5)

'그리고 마력에… 뭐야? 마력?'

격통 이후 능력치 창에 가벼운 변화가 생겼다.

과거 없던 마력이 생겼던 것.

지훈은 혹시 몰라 남은 3점을 잠재에 넣으려고 했지만 그럴 수 없었다.

– 잠재 능력은 올릴 수 없습니다.

결국 남은 3점은 전부 마력으로 들어갔다.

– 반영되었습니다.
마력 : F 등급 (4) = 〉 F 등급 (7)

지훈은 점수 배분을 완료하곤 자기 능력을 살폈다.

[정보]
등급 : E 등급 4티어

근력 : E 등급 (14)
민첩 : E 등급 (13)
저항 : F 등급 (5)
마력 : F 등급 (7)
잠재 : S 등급 (?)
이능 : 감지 실패

결과는 만족스러웠다.

'대박인데…?'

하지만 그게 끝이 아니었다.

반지는 티어 변동 외에도 신체 변이에 대해 언급했었다.
지훈의 눈이 급히 아래로 내려갔다.

[신체 변이]

– 약한 재생 : 신체 변이로 자연 재생력이 증가했습니다. 하지만 신진대사가 증가합니다.

– 화염 속성 : 혈액 안에 불 속성 마나가 흐르고 있습니다. 불에 대한 저항력이 증가하나, 냉기에 대한 저항력은 감소합니다.

말 그대로 굉장했다.

비록 둘 다 약점과 강점이 있는 변이였으나, 패널티에 비해 얻을 수 있는 이득이 너무나도 컸다.

신체 재생 능력은 밥 잘 챙겨 먹으면 없는 것과 같은 패널티였고, 살면서 추위 때문에 위험한 적은 거의 없었으니 화염 속성 패널티도 없는 거라 봐도 무방했다.

'내가… 내가 이런 능력을 얻다니! 이게 꿈은….'

"꿈 아니니까 걱정 마."

기뻐하는 지훈 옆으로 아쵸푸므자가 끼어들었다.

그녀는 지훈의 정보 창을 슥 훑어보며 말했다.

"잠재 능력 끝내주네. 너 운이 진짜 억세게 좋구나?"

운이 좋다.

살면서 단 한 번도 들어본 적 없었고, 그렇게 생각한 적도 없었고, 앞으로도 없을 거라 생각했거늘….

참으로 우습고 기구했다.

살면서 겪어야 할 행운을 몰아서 받기라도 한 걸가?

어찌 됐든 일단 기쁜 건 사실이었다.

'가볍게 마나 흘린 정도로 티어 열 네 번이라. 괴물도 이런 괴물이 따로 없네.'

아쵸푸므자는 턱을 가볍게 쓸었다.

"어쨌든, 내가 할 얘기는 따로 있어."

반달이었던 지훈의 눈이 순식간에 그믐달로 변했다.

비록 아쵸푸므자가 이로운 영향을 줬다고 한들, 아직까지 정체를 알 수 없는 존재였다. 언제라도 적으로 돌변할 수 있기에 경계해야 할 필요가 있었다.

"뭐지?"

"제안을 하고 싶어."

지훈은 고개를 까닥여 더 듣겠다는 표시를 했다.

"그 반지는 마음껏 써도 좋아. 하지만 가끔 내가 도움을 요청하면, 그 때는 나를 도와야 해. 쉽지?"

긴장한 것과 달리 김이 빠지는 간단한 조건이었다. 하지만 동시에 긴장되기도 했다.

원래 달콤한 조건엔 함정이 있기 마련이었다.

"그 도움이라는 게 뭐지?"

"글쎄? 인과율이나 시간의 항상성, 충돌 같은 얘기를 해봐야 어렵거니와, 이해하기도 어려울 걸. 말 해줄 수도 없다고만 해둘게."

독이 든 사과 같았다.

너무나도 달콤해 보이지만, 삼키면 분명 추후 큰 탈이 날

게 분명한 제안이었다.

하지만 때로는 그 조건이 괜찮다면 조그마한 함정 따윈 감수할 용기도 필요한 게 인생이었다.

'여기서 더 나빠질 것도 없다.'

"약속하지."

만족스러운 답변이었는지, 아쵸는 씩 웃으며 알 수 없는 말을 속삭였다.

– Nüüd lepingu loodi. Minu apostlite üle, te näete oma kella.

그 말이 끝나자 아쵸는 원래 없었던 것 마냥 안개처럼 흩어졌다. 그 모습이 꼭 영화 속 연출 같았기에 슬쩍 눈을 비벼봤으나, 이미 그녀는 떠나고 난 후였다.

'빌어먹을… 귀신에라도 홀린 것 같군.'

멍 한 기분이 우두커니 서있길 몇 분. 생각을 정리하기 위해 담배를 꺼내 물었으나…

'빌어먹을 라이터.'

지훈은 얼굴을 팍 찡그리곤 집으로 향했다.

그 와중에 겁 없던 커플과 다시 마주쳤는데, 나무 뒤에서 교미를 하고 있었다. 정작 필요할 땐 보이지 않았던 녀석들이었기에 화딱지가 났다.

'세상이 미쳐 돌아가니까 애들도 맛이 가는 구만. 말세다, 말세야.'

◈

늦은 밤.

좁은 골목길에 지훈의 발소리가 울려 퍼졌다.

'다음엔 차나 오토바이를 사던가 해야지 쯧.'

그렇게 몇 분 쯤 걸었을까?

문득 지훈 앞에 마스크를 쓴 사인조가 나타났다.

식칼이나 쇠몽둥이를 들고 있는 꼴을 보아하니, 동네 양아치 같아 보였다.

식칼을 가진 남자가 칼을 허공에 휘두르며 말했다.

"가진 거 다 내놔."

아니나 다를까 3류 영화에 나올 법한 멘트가 뚝 떨어졌다. 지훈은 그 모습에 실소할 수밖에 없었다.

"뭐, 뭐야. 내 말 안 들려? 가진 거 다 내놓으라고!"

기대했던 것과는 다른 반응이 나오자 어수룩한 강도는 크게 당황했다. 아마 계획했을 때만 해도 희생양이 벌벌 떨며 물건 다 내어주고 줄행랑을 칠거라고 예상했겠지.

"너희 뭐냐?"

"이 새끼가. 가진 거 다 내놓으라는 말 안 들려!?"

"재밌네. 겨우 그걸로 강도짓 하겠다고?"

"이게 뭐 어때서!"

지훈은 저 말을 듣곤 상대가 양아치라고 확신했다.

새벽에 술이나 마약 좀 걸치고 얻은 가짜 용기로 이런 짓을 벌인 것이리라.

일단 총기 유통이 활발한 세드에서 식칼 들고 있는 것부터가 그랬다.

나름 '각성자니까 허튼 생각 하지 마.' 라는 냄새를 풍기길 기대한 모양이지만, 각성자는 강도짓 따위 하지 않았다.

목격자 없는 미개척지면 모를까, 특히 도시 내에선 더더욱 그랬다. 가디언 때문에 위험 대비 수익이 낮기 때문이었다.

'적당히 하고 지나갈까.'

지훈은 자켓 주머니에서 조심스럽게 뭔가 꺼내들었다.

거무튀튀한 기역 자 모양의 쇠뭉치.

글록 19였다.

"어… 총?"

기세 좋게 외쳤던 양아치가 말을 더듬었다.

"왜. 총 처음 보나?"

강도 넷이 웅성거렸다.

그 사이 지훈은 여유롭게 권총에 소음기를 달았다.

"어디서 BB탄 총으로 허세야, 죽고 싶어!?"

설명할 필요 없이 땅에 대고 한 발 발사했다.

퍽하는 소리와 함께 보도블록이 박살났다.

"죄송합니다 형님. 가던 길 가십시오."

상대가 안 된다고 생각했는지, 양아치는 바로 고개를 90도로 숙였다.

태세 전환이 정말 빠른 놈이다.

그렇다고 봐 줄 생각은 없었다.

"내가 가긴 어딜 가. 가진 거 다 내놔 새끼들아."

지훈은 아까 들었던 말을 그대로 양아치들에게 돌려줬다.

"네?"

"강도짓 할 거였으면 반대로 당할 수 있다는 것도 알았어야지. 머리에 총알 박히기 싫으면 빨리 내놔."

양아치들은 렉 걸린 게임 NPC마냥 버벅였다.

도망칠지, 싸울지, 물건을 내어줄 지 고민하는 모양이다.

"드, 드리겠습니다!"

지훈은 주섬주섬 지갑을 챙기는 양아치들을 보며 생각했다.

'이참에 테스트나 해볼까.'

그러고 보면 이것저것 확인하느라 각성하고 나서 한 번도 힘을 확인해 본 적이 없었다. 분명 각성은 했다하나, 아직까진 힘의 정도를 모르는 상태.

안전한 시험 상대가 필요했다.

"필요 없어."

양아치들은 갑자기 튀어나온 변덕에 다시 한 번 버벅였다.

"무기 버리고 맨손으로 붙자. 이기면 그냥 보내줄게, 어떠냐?"

"진짜요?"

"못 믿겠으면 그냥 도망가 보던가. 허벅지에 예쁘게 한 방 박아줄게."

양아치는 지훈의 말대로 각자 들고 있던 무기를 저 멀리 던져버리곤 바로 달려들었다.

"이, 이 십새야!"

싸움 좀 해봤는지, 훅이 아닌 잽이 날아왔다.

평소라면 꽤 날카로워 고생했을 법 했지만 왠지 모르게 주먹이 한 템포 느리게 보였다.

마치 시간을 0.7배속으로 돌리는 것 같은 착각.

'느리다?'

하지만 코에 주먹이 날아오는 상황에서 길게 생각할 여유 따윈 없었기에, 바로 웅크려서 피한 뒤…

"꺽!"

양아치의 복부에 주먹을 꽂아 넣었다.

제대로 꽂힌 클린히트에, 양아치가 잠시 공중에 붕 떠올랐다 떨어졌다. 눈을 까뒤집은 꼴이 한 동안은 일어나지 못 할게 분명했다.

"죽어라!"

그 다음으론 우측에서 태클이 들어왔다.

상체를 수그린 체 들이 받아 넘어뜨릴 심산!

넘어지면 그대로 실신 직전까지 린치를 당하므로, 지훈은 바로 몸을 돌려 양아치를 받아 낼 준비를 했다.

퍽!

몸무게에 속도를 더한 무식한 태클이었음에도, 지훈은 꿈쩍도 하질 않았다. 되려 양아치만 벽에 부딪힌 것 같은 통증을 느꼈다.

'미, 미친! 무슨 통나무도 아니고!'

하지만 그것도 잠시. 지훈이 바로 옆구리를 때렸다.

빽 하는 소리에 뼈 부러지는 소리가 섞였다.

이제 남은 건 둘.

"안 오냐?"

지훈이 손가락을 까닥이며 도발하자, 둘이 시간차로 달려들었다.

지훈은 여유롭게 기다리다 먼저 달려드는 놈 고간에 부츠를 꽂아줬다.

"으거거걱!"

게거품을 물고 쓰러지는 녀석 뒤로, 마지막 남은 양아치가 도망치기 시작했다.

이길 수 없는 상대라는 것을 깨달은 것이다.

"사, 사람 살려!"

그냥 보내 줄 생각은 추호도 없었기에, 지훈은 가까이에 나뒹구는 쇠파이프를 집어던졌다.

결과는 깔끔하게 명중.

도망가던 녀석은 얼굴로 바닥을 쓸며 긴 궤적을 남겼다.

지훈은 씩 미소를 지었다.

'확실히 강해졌다.'

과거였다면 총 없이 4 : 1로 싸운 순간 실컷 두들겨 맞고 전 재산을 뺏겼겠지만, 지금은 아니었다.

'그래, 난 더 이상 일반인이 아냐.'

그렇게 생각한 순간 우웅 하고 목소리가 들려왔다.

반지였다.

– 근력이 증가했습니다. 확인해 주세요.

– 이블 포인트가 1 감소했습니다.

6화. 급성장

'뭐했다고 능력치가 올라. 티어 업 해야만 오르는 거 아니었어? 그리고 이블 포인트는 왜 또 낮아져?'

사실 이블 포인트를 생각했다면 저 양아치들을 그냥 보내줘야 했지만 잠시 까맣게 잊고 있던 지훈이었다.

본디 사람 습관이라는 게 참 무섭다고, 무의식중에 나오는 행동 관성을 억제하기 힘들었다. 하지만 도리어 이블 포인트가 낮아졌다니 신기할 수밖에.

- 레벨업 외에도 사용자님의 행동에 따라 몇몇 수치가 증감하기도 합니다.

근력 수치는 아마 운동 및 기타 몸 상태에 따라 증가 혹은 감소하는 모양이었다.

지훈은 앞으로 틈틈이 운동을 해야겠다고 마음먹었다.

– 또한 이블 포인트는 보편적인 도덕적 잣대에 의해 판단됩니다.

이해할 수 없었다.

'무슨 소리야. 사람 두들겼는데 그게 왜 착한일인데?'

포인트가 낮아져 다행이긴 했지만, 증감의 원인을 제대로 알아둬야 했기에 되물었다.

– 기본적으로 사람을 폭행하는 것은 악한 행위이나, 만약 저들을 그대로 내버려 뒀다면 다른 희생자가 발생했을 것입니다. 그렇기에 방법은 잘못됐으나 결과적으론 다른 피해자의 발생을 막았으니 해당 폭력은 선한 행위로 간주됐습니다.

설명으로 보건데 이블 포인트의 등락은 일차원적인 개념이 아닌, 결과와 과정 그리고 동기 같은 기타 요소까지 모조리 들어가는 것 같았다.

'정보 '

[정보]

이름 : 김지훈

이블 포인트 : 74 (−1)

근력 : E 등급 (15) (+1)

소거까지 남은 포인트는 16.

자칫 잘못하면 바로 저승행이라 생각하니 심장이 쫄깃했다.

'성인 흉내 따위 하고 싶지는 않지만, 이 반지를 이용하려면 어쩔 수 없겠군.'

지훈은 한숨을 푹 내쉬곤, 쓰러져 있는 양아치들을 한 곳에 모았다.

"앞으로 이런 일 하지 마라. 알겠냐?"

그 중 정신이 붙어있는 녀석들은 애써 고개를 끄덕였다.

이후 지훈은 녀석들의 지갑을 모조리 빼어 십 원 한 장 남기지 않고 탈탈 털곤, 옷은 전부 벗겨 적당한 쓰레기통에 갖다 버렸다.

아마 알몸으로 새벽거리를 배회해야 하는 꼴이 됐으니, 고생 좀 하리라.

◈

집에 돌아온 후 푹 쉰 뒤 앞으로의 활로를 생각했다.

비록 각성자가 됐다곤 하나, 범죄 전과 때문에 대형 길드엔 들어갈 수 없는 상황. 결국 남은 건 지금처럼 더러운 일을 하거나, 혼자서 팀을 꾸려야 하는 것 밖에 없었다.

하지만 이블 포인트까지 신경 쓴다면 남은 건 하나.

무조건 혼자서 팀을 꾸려야만 했다.

말은 쉬웠지만 정작 뭘 해야 할지 생각하니 막막했다.

'일단 각성자 등록을 한 뒤 예방 접종부터 맞자.'

등록이 필수는 아니었으나, 비등록 상태로 범죄 목격자 혹은 증인으로 연루될 경우 처벌을 받을 수 있었다.

그 뿐만 아니라 예방 접종 역시 비싼 돈 내며 받아야 하니, 여러모로 따져도 받는 게 이득이었다.

그 이후엔 장비와 팀원이 필요했다.

사실 위험한 일 하는 거 아니고서야 직접적으로 몬스터와 몸을 부딪칠 일은 없을 테니 헌팅을 나가서는 문제가 없겠지만… 요는 경쟁자 혹은 강도였다.

몇몇 헌팅에 나가지 못하는 어중이떠중이나, 강도들은 전문적으로 헌터들을 털었다.

기껏 물건 다 구해놓고 강도에게 뺏기거나 살해당한다면? 안하느니만 못했다.

'장비는 잡일 조금만 더 해서 마련한다 치고. 동료는?'

칼콘 말고 딱히 생각나는 사람이 없었다.

뒷골목 일 하며 아는 얼굴은 많았으나, 그 중 대부분은 척을 진 상태였다.

같이 일하자고 제안해 봐야 등에 칼밖에 날아오질 않는다. 그렇다고 프로 용병을 고용하자니 돈이 문제였다.

결국 지금 당장 바꿀 수 있는 건 아무것도 없었다.

'이거 뭐 그림의 떡도 아니고, 젠장. 한동안은 여태까지 했던 일이나 계속해야겠군.'

이블 포인트 때문에 받을 수 있는 일도 한정적일 터.

고생길이 훤했다.

'그러고 보니 석중 할배가 땅굴잽이 일이 있다고 했던가.'

밀수는 거의 뇌물을 증여해 빠르게 통과하는 게 대부분이기에, 이블 포인트가 깎일 가능성도 낮았다.

지훈은 대충 일어나 몸단장을 하곤 전화기를 들었다.

휴대폰이 없는 지훈에게 있어서 유일한 연결 수단이었다.

뚜르르, 하고 연결음이 몇 번.

"킁… 누구?"

자다 일어났는지 수화기 너머로 잠긴 목소리가 들렸다.

"벌써 저녁인데 언제까지 잘 생각이야. 이제 움직여야지."

"지금 6시라고. 왜 벌써부터 전화를 해. 누구 급하게 죽여야 할 놈이라도 있어?"

"딱히. 일 하기 전에 할 말 있다. 1시간 후 시체 구덩이에서 보지."

수화기 너머로 뭐라 뭐라 불평하는 소리가 들렸지만, 지훈은 대답하지 않고 끊어버렸다.

한창 바쁠 저녁시간이었던 만큼, 시체 구덩이 안은 많은 사람들로 북적였다. 단순 술손님부터 관광객, 용병, 정보상인 등 그 종류도 다양했다.

지훈은 가까운 바에 앉아 주인과 목례한 뒤 맥주를 한 병 시켰다. 혼자 맥주를 홀짝이고 있자니, 쿵쿵 소리가 나며 칼콘이 들어왔다.

"왔어. 급하게 부른 이유가 뭔데?"

"그냥 심심해서."

칼콘은 자리에 앉아 고양이 사료에 소젖(우유)를 주문했다.

"진짜 심심해서 부른 건가?"

"그냥저냥 할 말도 있고."

칼콘은 별 일이라는 듯 어깨만 으쓱이곤, 소젖 위에 둥둥 떠 있는 고양이 사료를 숟가락을 푹 퍼서 입에 넣었다.

보기만 해도 고양이 사료 특유의 비릿한 냄새가 풍겨왔기에, 비위가 상했다.

"맛있냐?"

"별미야. 영양소도 풍부하고 근육에도 좋아."

조폭들도 몸을 불리기 위해 개사료를 먹는다고 했던가?

성장과 육체 유지에만 초점을 맞춘 음식이라 몸에 좋거니와 가격도 싸겠지만… 그렇다고 즐겨 먹는 사람은 없었다.

하지만 종족이 다르니 입맛도 다를 터라 굳이 걸고넘어지진 않았다.

"너 키랑 몸무게가 몇이냐?"

"190에 108."

굉장한 체구였다.

거기다 지방이 많은 게 아닌 근육만 가득한 체형이니 저 무게 대부분이 근육이라는 소리다.

'그러니까 힘도 세겠지. 한 번 더 확인이나 해볼까.'

지훈이 살짝 미소 지었다.

"이봐, 술 값 걸고 팔씨름 내기 해 볼 생각 없나?"

칼콘이 고양이 사료를 씹으며 한 쪽 눈썹만 비틀었다.

"진심이야? 내가 양껏 먹으면 엄청 나올 텐데?"

체급은 둘째 치고 종족 자체가 달랐다.

원숭이랑 고릴라가 씨름을 하는 꼴이랄까?

"왜. 후달리냐?"

"허허허허. 후달려? 테이블 가져와!"

옆에서 구경하던 손님 하나가 자리를 치운 테이블과 의자를 가져왔다.

칼콘과 지훈은 마주보로 나란히 앉았다.

– 이봐, 뭔데. 뭔데.

– 김지훈이랑 칼콘이 한 판 한다는 군!

– 워, 아무리 잔뼈 굵은 지훈이라도 칼콘한텐 안 될 걸?

단순한 인간과 오크의 힘겨루기라면 오크가 이길게 분명

했다. 물론 각성 여부를 제외했을 때 말이다.

"준비됐어? 슬슬 시작해 볼까. 따~라라란~ 쿵작짝…."

"지고 나서 무르자고 하지나 마라, 칼콘."

누군가 외친 시작소리를 신호로, 지훈과 칼콘의 팔이 동시에 부풀어 올랐다.

팽팽한 신경전!

"익!?"

너무나도 쉬운 승리를 예상했던 건지 칼콘의 입에서 신음소리가 흘러나왔다.

"아까 그 등등한 기세는 다 어디가 갖다 버렸냐?"

지훈이 살살 긁자, 칼콘이 왼손으로 테이블을 거세게 누르며 전력을 다하길 시작했다.

마치 벽이 밀려오듯 거대한 힘이 지훈을 짓눌렀다!

'미친. 힘이 셀 거라고 예상하긴 했는데, 이 정도였어?'

여태껏 칼콘이 누군가를 때리면 픽픽 쓰러지는 것만 보곤 내심 힘이 세구나 했었다.

이렇게 직접 맞대보니 정말 장난이 아니었다.

하지만 그렇다고 질 정도는 아니었다.

꾸욱!

지훈도 왼손으로 테이블을 세게 누르며 온 힘을 팔에 집중했다.

부들부들.

이번엔 지훈의 팔이 칼콘을 밀어냈다!

지훈은 그 기세를 잃지 않고 계속 밀어붙였다. 그렇게 칼콘의 손이 테이블에 닿으려는 순간…!

쩍!

"어?"

"쩍?"

테이블이 두 힘을 이기지 못하고 부서져 버렸다.

와아아아아!

구경꾼들의 환호성에 섞인 주인의 비명이 들렸다.

"뭐야? 지훈 힘이 이렇게 셌었어?"

"아니. 전혀. 나는 근육 같은 거 전혀 키운 적 없다."

칼콘은 도대체 어떻게 된 거냐는 표정을 지었다.

"흠… 나 각성했다."

"경사네. 근데 갑자기 각성이라니 뜬금없지 않아?"

당연한 반응이었다.

자연 각성을 하던 강제 각성을 하던 각성자에겐 약 한 달에 걸쳐 징조가 보인다.

슬슬 앓는다던지 이상하게 잠이 하나도 오질 않는다던지 식욕이 왕성하던지 하는 것들이었다.

지훈에겐 그런 것들이 하나도 없었다.

단지 이상한 점을 하나 들자면 근래에 들어 술을 물처럼 마셨다는 것 정도?

"뭐야. 술 많이 먹고 각성한 거야?"

칼콘의 물음에 지훈이 채 대답하기도 전에, 구경하던 사람들이 환호성을 질렀다.

– 여기서 술 잔뜩 먹으면 각성할 수 있단다!

– 여기 술 줘! 술!

순식간에 가게 안이 아수라장으로 변했다.

지훈은 적당히 그 모습들을 지켜보며 말을 흐렸다.

"뭐 그렇다고 치자."

칼콘을 믿지 못한다거나 그런 것은 아니었지만, 잘못 새어나갔다간 아닌 밤중에 칼밥을 먹는 상황이 올 수도 있었기 때문이었다.

시끄러운 틈을 타 지훈이 넌지시 본론을 꺼냈다.

"그래서 말인데 너 나랑 같이 헌팅할 생각 있냐?"

"헌팅? 갑작스럽네."

"이제 각성도 했고, 큰물로 갈 생각이야. 위험한 일이니까 강요하진 않아."

칼콘은 잠시 머리를 긁적였으나, 이내 승낙했다.

"난 괜찮아. 어차피 네게 목숨 빚진 이후로 난 너와 함께하기로 마음먹었거든."

꽤 오래 전.

칼콘이 막 개척지로 이주했을 때 이종 포비아에게 죽을 뻔 했던 걸 지훈이 구해줬던 적이 있었다. 이후 칼콘은 생명을 빚졌다며 졸졸 따라다녔다.

"그건 잊어버려. 어쩌다 보니 그렇게 된 것 뿐이야."

"뭐 어때? 중요한건 네가 내 목숨을 구했다는 거지."

지훈은 슬쩍 고개를 돌리곤 입맛을 다셨다.

"고맙다."

"당연한 건데 뭘."

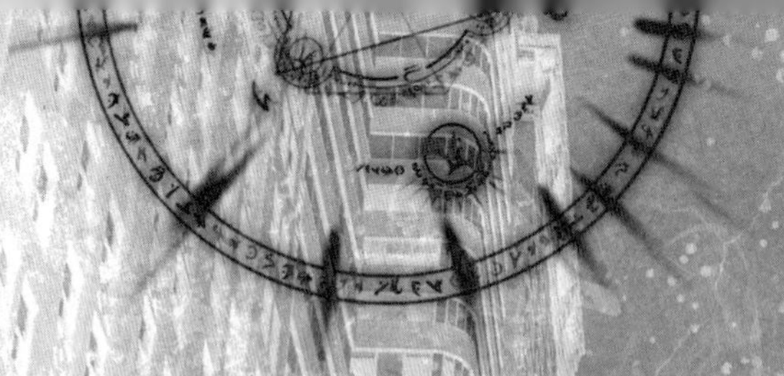

권능의 반지

7화. 앞으로의 활로

NEO MODERN FANTASY STORY

둘은 석중의 제안을 승낙하기 위해 다시 가게를 찾았다.

입구에 쌓인 C4와 곰팡이 냄새. 평소와 다를 바 없는 광경이었지만, 카운터 안에 있는 석중은 아니었다.

석중이 고개를 숙인 체 숨 대신 분노를 내뿜고 있었다.

"할배. 표정이 뭐 그리 사나워. 뭔 일 있소?"

"왔니. 이 와서 앉아라."

지훈이 카운터 앞에 가서 앉았다.

"그래서 오늘 시킬 일은 뭐요?"

"그래… 일 하나 있었지. 근데 그거 말고 급한 처리해야 할 일 생겼다. 니 김중배 알제."

뜬금없는 이름에서 위험한 냄새가 났다.

김중배는 이 개척지에서 헌터 팀을 운영하는 사람이었다.

저번에도 말했듯, 헌터들은 대부분 길드나 기업 형식의 팀에 들어가 많은 인원들이 함께 움직였다. 소규모로 행동해 봐야 위험하거니와, 수익도 보잘 것 없기 때문이다.

하지만 모종의 이유로 기업에 들어갈 수 없거나, 능력이 부족한 자들은 제 팀을 꾸려나가기도 했다.

중배는 후자였는데, 그 주제에 겁도 많아 몬스터나 아티펙트 헌팅보단 식재료나 약초 혹은 폐품이나 주우러 다니는 사람이었다.

"알다마다. 매일 까트나 씹는 놈이 왜."

"그 놈 처리해라."

"무슨 소릴 하는 거요?"

지훈이 어이가 없어서 되물었다.

수준이 낮다 해도 분명 한 팀의 리더다.

약초 따위나 주우러 다닌다 한들, 혹시 모를 강도에 대비해 기본적인 무력은 갖추고 있다.

"왜. 무서워서 오줌이라도 지릴 것 같니?"

"헛소리 그만하쇼. 내가 어떻게 그 놈들 죽이란 말이오?"

"입을 털던, 딴 놈이랑 거래를 하던, 목을 따던 맘대로 해라. 그 녀석 물건만 가져오면 된다."

"누가 방법을 물었소? 싸움이 안 되잖아, 싸움이."

일단 숫자부터가 적었다.

지훈 쪽은 둘, 저쪽은 여섯이다.

거기다 이쪽은 각성자가 하나, 저쪽은 넷.

아무리 등급 낮은 각성자가 현대화기에 저항력이 없어 총 맞으면 죽는다지만, 그래도 각성자다.

접근을 허용하는 순간 육편이 된다.

"왜 안 돼? 해보기나 했니? 어차피 그 새끼도 총 맞으면 뒤진다."

"얘기나 들어봅시다. 도대체 뭔 일인데 그러는 거요?"

중배는 잠시 침묵하며 곰방대를 물었다.

"미친 사냥개한테 이유도 필요하나?"

미친 사냥개.

아는 사람만 아는 지훈의 별명이었다.

한 번 맡은 일은 시간이 오래 걸려도 악착같이 달려들어 일을 마친다고 해서 붙은 별명이었다.

"명분 없이 사람 죽이면 나는 어쩌라고? 걔랑 사업하는 애들이 한 둘이 아닐 텐데. 적어도 그럴싸한 이유 하난 필요하지 않겠소? 그리고 가디언이랑 경찰은 또 어쩌고?"

말이 약초지 세드에서 돈 돼는 약초는 열에 아홉 마약이다. 죽일 경우 유통책이나 기타 동료에게 보복이 왔다.

"그 쓰-애끼가 나한테 모욕감을 줬다."

석중의 곰방대를 잘근잘근 씹었다.

평소 여유롭게 농이나 건네던 것과 거리가 있는 모습에서 사정이 있음을 알 수 있었다.

"혹시 지수 얘기요?"

지수는 석중이 애지중지 하는 첩으로 술집에서 일하며 2차도 간혹 나가는 접대부였는데, 소문이 좋지 못한 여자였다.

"맞다. 그 년 뒤져뿟디."

순식간에 분위기가 가라앉았다.

"중배 새끼가 약쳐서 어떻게 하려고 했나본데, 배합 실패해서 애가 가삤다. 들어보이 시체는 개 먹이로 줬다 하드마."

"그래서 그놈을 죽여 달라?"

"죽이고 나서, 증거로 그 새끼 물건 가져와라. 아이스박스에 넣어서."

지저분한 치정 싸움.

지훈이 깊은 한숨을 내뱉었다.

칼콘 역시 비슷한 심정이었는지 슬며시 다가와 이번 건은 맡지 않는 게 좋을 것 같다고 속삭였다.

"할배. 화난 건 알겠는데. 개네 잘못 건들면 내가 죽소. 뒤처리는 어쩌라고?"

"약속하지. 너랑 네 동생 그리고 오크 나부랭이도 이번 건이랑은 관계없게 만들어 준다."

"쯧. 알겠소. 여태껏 본 정이 있어서 어떻게 하긴 하겠는데… 대금은?"

석중이 손가락 두 개를 들어보였다.

"두 장? 지금 나랑 장난하는 거요?"

"이 천. 죽이기만 하면 천, 그 새끼 부랄짝 가져오면 천 더 준다."

칼콘과 지훈이 멈췄다.

한 건에 이천!

목숨 걸고 일 해서 벌어들이는 돈이 오백 언저리라는 것을 봤을 때, 위험 대비 엄청난 돈이 아닐 수 없었다.

고민됐다.

저 정도 돈이면 헌팅에 나갈 기본적인 물품은 물론이오, 한동안 지현 약 값이나 월세까지 걱정할 필요가 없을 돈이었다.

하지만 문제는 이블 포인트였다.

현재 포인트는 74.

죽음까지 딱 16 남았다.

'빌어먹을….'

평소에 지훈이 소일거리를 해서 버는 돈은 100 언저리. 관따기 같은 좋은 일을 물었을 때나 300 정도 벌 수 있었다.

만약 이번 일을 포기한다면 얼마나 더 지금처럼 지내야 할 지 알 수 없었다.

'저번에 아쵸푸므자를 죽였을 때 포인트가 3 올랐다. 중

배 일행은 여섯. 단순 계산으로 모두 죽이면 18인가.'

혼자 죽이면 18. 하지만 이 일은 혼자 하는게 아니니 칼콘이 대강 둘 정도는 처리할 터였다.

마음속으로 목숨과 돈, 시간 사이로 아찔한 외줄타기가 벌어졌다.

'정신 차려라 김지훈. 언제까지 남이 싸지른 똥이나 치우면서 살 테냐. 마지막으로 한 탕 크게 뛰고 손 씻자. 조심하면 어떻게든 포인트를 맞출 수 있을 거다.'

결론은 돈과 시간으로 정해졌다.

"하지."

"잘 생각했다."

합이 맞자 얘기는 빠르게 진행됐다.

지훈은 지금 가진 장비로는 중배를 제압할 수 없다는 이유로 장비를 요청했고, 석중 역시 동의했기에 무료로 장비를 빌려줬다.

지훈은 석중이 건네 준 장비를 슥 훑으며 점검했다.

[장비]

[지훈의 장비]

단검.

글록 19 권총 1정.

소음기와 심박 탐지기가 부착된 K2 소총 1정. (대여)

세열 수류탄, 섬광탄 각 1개. (증여)

2세대 나이트 비전. (대여)

[칼콘의 장비]

슬랫지 해머.

진압(방탄) 방패 (대여)

RPG 1발 (대여)

그리고 1세대 나이트 비전.

“준비 됐니?”

“거의 다. 뭐 마지막으로 해줄 말 있소?”

“죽이고 나서 꼭 물건 가져오라.”

“걱정 붙들어 매쇼.”

지훈은 K2 소총을 들고 가게 밖으로 향했다.

“가자.”

◈

“이런 썅!”

중배는 초조함을 참지 못하고 앞에 있던 의자를 발로 차 버렸다. 의자가 벽에 부딪쳐 박살이 나버렸다.

“형, 진정해. 몰랐잖아. 석중 할배한테 잘 말 하면….”

“돌았냐? 그 싸이코새끼 성격 몰라!?”

중배가 버럭 소리를 질렀다.

겉으로 보기에 석중은 뒷골목에서 잡화나 파는 괴짜 노인으로밖에 보이질 않았다. 하지만 그런 외모와 달리 그는 이 개척지에서 한 끝발하는 거물이었다.

비록 여타 다른 도시를 지배하는 거대 조직에 비하면 약했지만, 중요한 건 석중은 혼자 뒷골목을 주무를 정도로 엄청난 인물이라는 사실이었다.

그는 오로지 주둥이와 수완만으로 그 자리에 오른 사람. 개인적인 무력으로만 따지자면 약했다.

하지만 그에겐 다들 치를 떠는 해결사가 하나 있었으니…

그게 바로 미친 사냥개라 불리는 지훈이었다.

'분명 온다. 기다리면 죽어!'

온 몸이 떨렸다.

정면으로 붙으면 당연 중배 쪽이 이길 테지만, 지훈도 돌지 않은 이상에야 분명 전혀 예상치 못한 곳으로 기습을 해 올 터.

'자다가 총 맞거나, 독 먹고 어이없게 뒈질 바에는…!'

"먼저 친다."

난잡하던 방 안에 바로 조용해졌다.

다들 중배 입에서 나온 말이 무슨 뜻인지 알기 때문이었다.

"석중 할배 죽이면 이 도시에서 발붙일 곳 하나도 없을 텐데… 진심이야?"

"어차피 안 죽이면 우리가 죽는다."

침묵하던 한 남자가 입을 열었다.

중배 팀에서 길잡이 겸 짐꾼을 하는 남자였다.

"이봐, 그건 네 얘기고. 계집애 죽인건 넌데 내가 왜 죽어?"

"이 새끼가? 같은 팀이네 뭐네 할 땐 언제고 위험해지니까 꼬리 마는 거냐?"

다른 남자가 끼어들었다.

이번엔 전투와는 거리가 먼 식물학자였는데, 주로 향정신성 약초를 구분하는 역할을 했다.

"중배형님, 죄송하지만 저도 오래 살고 싶습니다. 의리도 중요하지만, 제 목숨도 중요해요. 저는 학비 벌려고 여기 온 거지 전쟁을 하러 온 게 아닙니다."

그 말을 시작으로 팀들이 웅성거리기 시작했다.

같은 팀이라 한들 돈으로 뭉친 관계.

사소한 의리면 모를까, 목숨까지 지켜줄 사이는 아니다.

중배 역시 그 사실을 깨달았는지 입술을 꽉 깨물었다.

혼자서는 절대 석중을 처리할 수 없었기 때문이었다.

"골골거리며 다 죽어가는 놈들 거둬줬더니, 이제 와서 배신을 해!?"

"무슨 소리야. 그 정도는 아니었…."

"닥쳐!"

탕!

날카로운 파공성과 함께 짐꾼이 풀썩 쓰러졌다.

"자, 잘 들어. 우린 같은 팀이야! 살 땐 같이 살고, 죽어도 같이 죽는다! 알겠냐!?"

"전 그런 뜻으로 말을 한 게…."

중배가 식물학자에게 권총을 들이댔다.

식물학자의 안색이 하얗게 질렸다.

"그, 그래요. 가, 같이 움직여야죠! 그래야 살 수 있지 않습니까!"

"장비 챙겨. 당장 그 녀석 치러 간다."

그 말을 신호로 모두 장비를 챙기기 시작했다.

◈

그 시각, 중배의 아지트에서 가까운 풀 숲.

탕!

칼콘이 총 소리에 살짝 몸을 움츠렸다.

방향으로 보건데 중배의 아지트에서 난 소리였다.

가벼운 불안감이 스쳤다. 보통 사격은 야외에서 하지, 실내에선 될 수 있으면 쏘지 않는다.

'내분인가?'

지훈은 중배의 아지트를 뚫어져라 쳐다보자, 신기한 일이 일어나기 시작했다.

–자…… 팀이야! 살 땐… 죽어도 같이….

-……그런 뜻으로 말….

-장비 챙겨… 싸이코… 치러 간다.

다른 소음에 섞여 정확하진 않았지만 중배의 목소리가 들려온 것.

각성자가 되며 신체 감각이 날카로워진 까닭이었다.

'뭐야 이거? 근데 잠깐. 치러 간다고?'

궁금증도 잠시. 지훈은 다시 아지트에 정신을 집중했다.

그러자 다른 소리가 옅어지는 것 같은 느낌과 함께 아지트에서 뭔가 물건 챙기는 소리를 들을 수 있었다.

"칼콘. 저 녀석들 석중 할배 치러 갈 모양이다."

"지금?"

"그래. 보니까 내분도 일어났던 모양이군."

지훈은 자기 총 위에 달려있던 심박 감지기를 보여줬다.

방금 전 까지만 해도 여섯 개였던 게, 총소리를 기점으로 다섯 개가 됐다.

"개활지에서 맞붙으면 위험해. 기습해야 하지 않을까?"

칼콘이 등에 매고 있는 RPG를 매만졌다.

지금 다들 아지트에 모여 있으니, 예쁘게 한 방 꽂아주면 혼비백산할 게 분명했다.

"RPG는 안 돼. 확실하지가 않아. 쏘고 나서 제압하러 들어갔다가 도리어 기습을 당하면 골치 아프다고."

"아쉽네."

칼콘이 입맛을 다셨다.

“한 놈 한 놈으로 가자.”

“알겠어.”

지훈과 칼콘은 아지트 쪽으로 조심스럽게 접근했다.

8화. 미친 사냥개와 발기도 안되는 남자

NEO MODERN FANTASY STORY

지훈과 칼콘은 아지트에 바싹 달라붙었다.

– 바로 들어간다. 준비 해.

지훈의 위치는 창문 바로 아래였고, 칼콘은 아지트 입구 옆에 서있었다.

– 창문으로 섬광탄 깔 테니까, 터지면 바로 문 열고 돌입해. 알겠어?

– 그래.

– 나는 이쪽에서 엄호하지. 만약 엄폐하는 녀석 있으면 수류탄도 던질 테니 제대로 막아라.

– 걱정 마.

지훈이 슬며시 창문 안을 살폈다.

다들 장비를 챙기느라 정신이 없다.

쨍!

소총 개머리판으로 유리창을 깬 뒤 바로 섬광탄을 창문 안으로 집어던졌다. 이후 눈은 감고 입은 쫙 벌리며 엎드렸다.

"이런 썅!?"

안에서 욕설이 들려오기도 잠시.

펑!

욕설이 순식간에 비명으로 치환됐고,

쾅!

정신 차릴 새도 없이 바로 칼콘이 진입했다.

타타타탕!

섬광탄에 피해를 입지 않은 몇몇이 칼콘을 향해 지향사격을 했지만 전부 방패에 막혀버렸다.

"난 이래서 인간들이 만든 도구가 너무 좋아!"

칼콘은 모든 총알을 방패로 막아낸 뒤, 들고 있던 해머로 바닥을 뒹구는 남자를 찍어버렸다.

"경현아!"

그걸 본 다른 녀석이 연사로 칼콘을 드르륵 긁었다.

커다란 소음과 함께 방패에서 스파크가 튀었다.

"으그극!"

아무리 힘 센 칼콘이라도, 이대로라면 충격에 이기지 못하고 쓰러질 터.

지훈이 창문으로 고개를 내밀곤 조준 사격으로 사격 중인 남자의 머리를 쐈다.

탕 하는 소리와 함께 남자가 픽 쓰러졌다.

- 이블 포인트가 2 올랐습니다. 현재 포인트는 76입니다.

'쌰!'

일방적으로 몰아치고 있음에도 심장이 옥죄듯 답답했다.

예상보다 적은 수치가 올랐다고 해도 상관없었다. 일단 올랐다는 사실 자체가 죽음에 성큼 다가갔다는 뜻이었다.

"김지훈. 너지 이 새끼야! 네가 이러고도 살아갈 수 있을 것 같냐!?"

중배가 엄폐물 뒤에 숨어서 소리를 질렀다.

"눈치 빠른 양반, 벌써 알아챘구만. 그럼 뭐하나 이제 곧 뒈질 텐데."

"이 개새끼가!"

조악한 협박엔 대답해 줄 가치가 없었다.

지훈은 칼콘에게 물러나란 수신호를 보내곤 바로 수류탄 안전핀을 뽑았다.

팅!

청명한 소리와 함께 죽음의 카운트다운이 시작됐다.

'하나, 둘.'

당장이라도 수류탄이 터질 것 같아 온몸의 털이 곤두섰지만 참았다. 바로 던졌다간 저쪽에서 도로 줍어다 던질 수 있었기 때문이었다.

'셋.'

툭. 토르르르…

수류탄이 엄폐물 뒤로 굴러갔다.

사람 죽이는 무기라기엔 너무 얌전한 소리였다.

그렇다고 무시했다간 순식간에 육편이 될 게 분명했기에, 중배는 바로 다른 엄폐물을 향해 달렸다.

역시 각성자 답게 엄청난 속도! 하지만 엄폐물 뒤에 있던 다른 녀석은 채 반응하지 못하고 폭사했다.

콰앙!

–이블 포인트가 2 증가하였습니다. 현재 포인트는 78입니다.

타타탓!

지훈은 그런 중배를 잡기 위해 방아쇠를 당겼으나 아쉽게도 그가 지나간 자리에 탄흔을 만드는 것 밖에 할 수 없었다.

"재장전! 칼콘, 들어가!"

지훈이 탄창을 갈며 소리치자, 그 사이 한 명을 더 피떡으로 만든 칼콘이 방패를 앞세우며 중배에게 달려들었다.

진퇴양난!

엄폐물에 있다간 방패를 앞세운 칼콘의 해머에 작살이 날 테고, 밖으로 나가면 재장전을 마친 지훈에게 벌집이 될 터였다.

결국 중배는 잠시 고민하다 뒤에 있는 창문을 깨고 그대로 도망쳤다.

쨍!

"저 성가신 새끼가!"

지훈은 나이트 비전을 눌러 쓰며 아지터 건너편으로 전력 질주했다.

도착하니 저 멀리 중배가 뛰어가는 게 보였다.

'그냥 가게 둘 순 없지.'

지훈은 총을 들어 중배를 겨냥했다.

평소였다면 어두운 시야와 거친 숨 때문에 조준이 어려웠겠지만, 각성의 여파인지 전혀 힘들지 않았다.

아니, 도리어 정신을 집중하자 시간이 느려지는 것 같은 착각까지 들었다.

초점이 맞지 않는 가늠좌와,

미세하게 떨리는 가늠쇠를 정확하게 맞추곤,

호흡을 멈춘 뒤…

탕!

명중.

잘 달리던 인영이 풀썩 쓰러졌다.

총을 내리고 다가갈 준비를 하고 있자니 칼콘이 창문 너머로 물었다.

"뭐야. 저거 쓰러졌네. 잡은 거야?"

"그래. 넌 남아있는 놈 처리하고 시체들 모아놔. 저 녀석은 내가 처리하지."

"알겠어."

칼콘을 뒤로하곤 중배를 향해 걸어갔다.

저벅, 저벅 하는 소리가 마치 도살자의 발소리처럼 들렸다.

"사, 살려줘…."

허벅지에 총을 맞은 중배는 바닥을 기고 있었다.

"그러게 왜 하필 그 여자를 건든 거요? 발기도 안 돼는 양반이 물고 빠는 젖병이 뭐 그리 좋다고. 쯧."

"지, 지훈아… 내 말 들어봐, 그 년이 먼저 나 공사 치려고 했어! 그건 정당방위였다고."

"난 그런 거 모르겠고. 중요한건 그 쪽이 석중 할배 계집을 죽였다는 거요."

"난 아무것도 몰랐어. 제발 살려줘. 내가 할배한테 직접 얘기할게. 응?"

살고 싶은 욕망일까?

중배가 눈을 희번덕거리며 기어왔다.

"그만하쇼. 마지막 유언을 그런 허접한 말로 채울 거요? 아무리 싸구려 인생이라지만 갈 땐 멋있게 가야지."

"지훈아… 기억해 봐, 우리 몇 년 전 까지만 해도 같이 까트 씹으면서 히히덕거렸잖아. 기억 안 나?"

마치 버둥거리는 벌레마냥 중배가 계속 기어왔다.

"그래서, 하고 싶은 말이 뭐요? 살려달라고?"

"아니… 그런 건 아니고."

그렇게 어느 정도 가까워 졌을 무렵.

"넌 날 보자마자 쐈어야 했다고, 이 좆방새야!"

중배가 순식간에 일어나 달려들었다!

비록 상처 때문에 오래 행동하진 못하겠지만, 누군가를 기습하기엔 충분할 정도였다.

훅!

날카로운 단도가 엄청난 속도로 날아든다!

일반인이었다면 반응도 하지 못하고 그대로 피분수를 뿜었을 기습! 하지만 지훈도 이제 각성자였다.

저런 일격에 맞아 줄 만큼 호락호락하지 않았다.

"젠장!"

날아오는 단검을 바로 개머리판으로 막았다.

선명한 희비교차!

중배의 눈엔 짙은 좌절감이 드리웠고, 지훈의 얼굴엔 안도감이 스쳤다. 하지만 그것도 잠시.

중배는 바로 이어진 지훈의 주먹에 풀썩 쓰러졌다.

"아, 아니 어떻게…."

"내가 각성자가 됐을 거란 생각은 못해봤소?"

"말도 안 돼. 어떻게 네가…!"

"영양가 없는 대화 그만 합시다. 유언은 그 쯤 하쇼. 옛정 생각해서 들어주려고 했는데, 사람이 질리네."

"잠까…."

탕.

중배의 몸이 땅바닥에 축 늘어졌다.

"끝까지 쓰레기로 살다 가는 구만. 그러니까 네가 3류 취급 받는거요."

이제 마지막으로 해야 할 일만 남았다.

'죽였으면 충분하지 물건은 도대체 왜 가져오라 난리야.'

지훈은 쓰러진 중배의 몸을 훑어 바지와 속옷을 내렸다.

축 늘어진 흑산도 지렁이가 생기를 잃어가고 있었다. 남자 물건을 감상하는 취미는 없었기에, 바로 칼을 박아넣었다.

웬지 모르게 사타구니가 아려오는 건 왜일까?

작업을 마친 뒤 지훈은 중배의 물건을 쓰레기 버리듯 바로 아이스박스에 처박았다.

'빌어먹을, 기분 진짜 더럽네.'

신세한탄이나 하고 있자니 목소리가 들려왔다.

–티어가 올랐습니다. 확인해 주세요.

여태껏 그랬던 것처럼 이블 포인트가 오를 거란 예상과 달리, 티어가 올랐다는 얘기였다.

'뭐야, 죽였는데 왜 이블 포인트는 그대로도 티어가 올라?'

살짝 궁금증을 비추자 반지에게서 대답이 돌아왔다.

– 방금 그 자는 악인이었기에 이블 포인트 변동이 없었습니다. 해당 반지 기준 이블 포인트가 80 이상인 인간은 살해해도 포인트 증감이 없습니다.

악인은 죽여도 패널티가 없다니, 그나마 다행이었다.

지훈은 이어서 중배이 팀원을 죽였을 때에는 왜 포인트가 올랐냐고 물었다.

– 그 자들은 이블 포인트가 70대 후반이었습니다. 거기다 거래로 인한 암살이라는 동기까지 합쳐져, 사람 한 명당 2포인트가 감소했습니다.

'결국 4포인트 오른 건가. 그나마 다행이군. 그럼 티어를 확인해 볼까.'

[정보]

이블 포인트 : 78 (+4)

등급 : E 등급 5티어 (+1)

보너스 점수 : 1

근력 : E 등급 (15)

민첩 : E 등급 (13)

저항 : F 등급 (5)

마력 : F 등급 (7)

잠재 : S 등급 (?)

이능 : 감지 실패

현재로써 제일 필요해 보이는 능력은 저항이었다.

여러 경험으로 육체적인 능력이 충분하다는 사실을 깨달았으니, 이제는 방어력을 키워야 했다. 아무리 날고 긴다한들, 총 한 방 맞고 죽어서야 의미가 없지 않던가.

'실제로 중배도 총 맞고 죽었잖아. 저항에 투자하자.'

- 저항 : F등급 (5) = 〉 F등급 (6)

능력 배분을 마치자 멀리서 칼콘의 목소리가 들려왔다.

"안 오고 뭐해?"

"아무것도. 지금 가지."

더 이상 꾸물거릴 시간이 없었기에 바로 아이스박스를 챙겨 칼콘에게로 향했다.

◈

아지트엔 시체 네 구와 겁에 질린 한 남자가 있었다.

아까 중배에게 대들었던 식물학자였다.

"뭐야, 저거 왜 살아있어?"

"저, 저는 싸울 줄 모릅니다. 그냥 식물학을 전공한 학생일 뿐입니다!"

"라길래 살려뒀어."

지훈이 고개를 끄덕이곤 식물학자를 쳐다봤다.

"아하. 그래서 너는 쟤들이랑 일 안했냐?"

"저, 저는 시키는 것만 했습니다! 아무런 죄가 없어요! 그, 그리고 약 배합할 때도 분명 치사량이라고 얘기 해줬는데…."

"그만."

"저 녀석이 제 말 안 듣고… 꺽!"

빽!

지훈이 들고 있던 권총으로 식물학자의 머리를 후려쳤다.

녀석은 바닥에 머리를 찧곤 어린애마냥 흐느끼기 시작했다.

"제, 제발 살려주세요."

"너 몇 살이냐."

"전 아무것도 몰랐어요. 돈 많이 준다고 그래서, 학비 벌어야 해서…."

"몇 살."

"정말 이런 일 하는 사람일 줄…."

뻑!

영양가 없는 대화를 나눌 생각은 없었다.

지훈이 식물학자의 볼을 부여잡았다.

"마지막으로 묻는다. 몇 살."

"스, 스물넷입니다."

지현과 동갑이었다.

아마 대학을 휴학하고 세드로 넘어온 모양이리라. 문득 지훈은 자기가 처음 세드로 넘어왔을 때를 떠올렸다.

꿈, 희망, 성공.

딱 저 식물학자와 같은 모습이었다.

'쯧… 쓸 대 없는 감상을.'

"돈 얼마나 모았냐?"

"천이백만 원 모았습니다!"

요즘 시대에 큰돈은 아니지만 몇 학기 학비 대기엔 충분한 정도였다.

'어떡한다?'

마음 갈아선 후에 뒷목 잡을 일 없이 처리하는 게 좋았지만, 문제는 이블 포인트였다.

'그만 두자. 지금도 포인트 모자란데 '

칼콘이 죽인 녀석들에 대해선 이블 포인트가 오르지 않았으니, 제 3자를 시키면 또 모를 테지만… 혹여 청부살인이네 뭐네 하며 포인트가 쑥 올라버릴지도 몰랐다.

"충분히 벌었네. 살려 줄 테니까 내일 당장 지구로 꺼져. 앞으로 내 눈에 보이면 죽는다. 알겠냐?"

식물학자가 감사의 말을 흘리며 넙죽 엎드렸다.

"아, 가기 전에. 얘네 장비랑 비상금 어디다 숨겼는지 아냐?"

식물학자는 잠시 고민하는 듯싶었지만, 냉큼 정보를 뱉어냈다. 어차피 자기가 갖고 가기엔 너무 위험한 물품이거니와, 불어도 보복할 사람이 없기 때문이었다.

"꺼져."

말이 끝나기 무섭게 식물학자는 전력으로 도망쳤다.

사타구니가 축축하니 오줌을 지린 것 같았다.

정보대로 아지트 벽 한 부분을 뜯어내자 숨겨져 있던 금고가 모습을 드러냈다. 전자식 키패드와 다이얼이 함께 들어가 있는 금고였는데, 퍽 단단해 보였다.

"칼콘, 너 이거 딸 줄 아냐?"

칼콘은 금고로 다가가 몇 번 만지작거리다 고개를 저었다. 세드 출신인지라 이런 전자식 금고는 처음 보는 모양이다.

"딸 줄 아는 녀석은 알아."

"지금 연락 돼?"

"아니. 그 녀석 서구에 살아."

"기다릴 시간 없어. 그냥 까자."

칼콘이 고개를 갸웃거렸다.

"어떻게?"

금고는 애초에 외부로부터 특정 물건을 보호하기 위해 만든 물건이다. 그러니 쇠지레나 소총용 납탄으로 무슨 짓을 해도 열 수 없을 터였다.

"우리한텐 요술봉이 있잖아. 안 그래?"

RPG. 우스갯소리로 알라의 요술봉이라 불리는 물건.

"진심이야? 안에 있는 거 다 박살날지도 모르는데."

"그럼 그냥 버리고 가면 되지. 그냥 가나 버리나 똑같잖아?"

지훈과 칼콘은 먼저 시체에서 얻은 전리품들을 수거해 밖으로 나갔다.

MP5와 K2 몇 정과 방탄복. 그리고 F급으로 보이는 아티펙트 3개가 전부였다.

'이 정도면 딱히 새 거 구입하지 않아도 되겠어. 이제 기타 기기만 사면 된다.'

둘은 아지트에서 10M 정도 떨어진 곳에 자리를 잡았다.

명중률을 위해선 가까운 곳에서 쏘는 게 좋았지만, 좁은 아지트 안에서 그 딴 기행을 했다간 바로 요단강을 건너기 딱 좋았다.

"여기가 딱 적당하겠네. 그거 줘 봐."

지훈은 RPG를 건네받곤, 창문 너머로 있는 금고에 망설임 없이 발사했다.

푸스-으우웅- 콰앙!

결과는 깔끔하게 명중.

RPG 탄두가 창문을 넘어 금고에 제대로 틀어박혔다.

아지트 안에 있던 창문이 모조리 작살나며 시뻘건 화염이 뿜어져 나왔는데, 10M나 떨어져 있음에도 화끈한 열기가 느껴졌다.

제대로 틀어박힌 만큼 금고엔 마치 괴물이 뜯어먹기라도 한 것 같은 커다란 구멍이 나있었다.

"어디보자, 뭐가 들어있을까."

과격한 방법으로 열었기 때문에 입구 주변에 있던 돈들은 거의 다 잿더미가 되어 있었다.

대충 실한 녀석들만 챙겨 담으니 대충 천만 원 정도였다.

9화. 죽음의 카운트다운

NEO MODERN FANTASY STORY

가게로 돌아가자 분노의 화신이 기다리고 있었다.

"약속한 그 놈 물건이오."

카운터 너머로 아이스박스를 건넸다.

석중은 씩씩거리며 안을 확인했다.

"그 놈 물건 맞나."

"지구 보내서 조직검사 해보던가."

"아니, 됐다. 네가 한 일이니 맞겠지."

석중은 조금 기다리라고 말한 뒤 웬 식기를 가져왔다.

"흠? 지금 뭐하는 거요"

"조용히 기다리라. 내 지금 중요한 일 하는 거 안보이니?"

도대체 식기를 가져오는 게 왜 중요한지는 몰랐으나, 석중 눈에서 광기가 흘러나왔기에 그냥 입을 다물었다.

저런 눈을 한 사람을 건드려봐야 좋을 거 하나 없음을 경험으로 알고 있었기 때문이었다.

"하아… 이 씹쓰애끼, 이 물건으로 내 계집을 건들일라 했다 이기지?"

차갑게 식은 중배의 물건이 식기 위로 올라간 뒤…

지훈은 끔찍한 광경에 고개를 돌렸다.

'더러운 치정싸움의 말로군.'

오크 무리에 섞여 자라 웬만큼 비위가 강했던 칼콘도 비위가 상해 그 모습을 지켜보질 못했다.

"수고했디. 여기 돈 받아라."

석중은 복수를 끝내자마자 바로 카운터 너머로 돈다발을 건넸다.

오 만 원권 네 뭉치. 딱 이 천만 원이었다.

"할배. 애들 털면서 나온 무기가 있는데, 그것도 좀 팔고 싶소만 가능 하겠소?"

"그 씹어 먹어도 시원찮은 새끼들 물건을 나한테 팔겠다? 딴 놈 알아봐라. 내는 그 물건 건들기도 싫다."

"아티펙트는 어떻소?"

"됐다."

결국 지훈은 입맛만 다셨다.

마땅한 장물아비가 없어서 아쉽긴 했지만 어쩔 수 없었

다. 사는 사람이 싫다는데 어찌 팔겠는가.

“근데 어렵진 않았누? 아무리 그 쓰애끼가 개차반이라지만 실력 좀 있을 텐데.”

“그걸 아는 인간이 그딴 짓 시키오?”

“느이께이, 잘 할 줄 알았으이 시켰디. 가서 디져불 놈이었으면 시키지도 않았으.”

“됐소. 말을 맙시다.”

지훈이 혀를 차며 고개를 돌려버렸다.

“그나저나, 할배. 나 이제 이쪽 일 손 뗄 것 같소.”

“그게 뭔 소리니?”

“각성했수다.”

반지 얘기는 뺐다.

아무리 가깝다지만 거래관계였다.

사람 각성시켜주는 반지 같은 얘길 꺼냈다간 말보다 총알 먼저 날아 올 가능성도 무시 할 수 없었다.

“축하한디. 니 이제 인생 폈구나.”

여태껏 오래 거래해서 서로의 비밀을 알고 있음에도, 석정은 별 말 없이 수긍했다. 그도 그럴 것이 보통 각성자는 음지쪽 일을 잘 하지 않으려고 하기 때문이었다.

고를 수 있는 선택지가 많기도 하거니와, 정부에서 각성자 범죄를 굉장히 엄격하게 처벌하기 때문에 정말 큰 돈 아니고서야 양지 쪽 일을 하는 게 보통이었다.

“이제 볼 일 없겠고마. 시킬라케도 돈 때문에 못 쓴디.

쓰애끼, 공짜로 함 해주므 내 불러줄 요량은 있다."

"하이고, 미쳤다고 목숨 걸고 하는 짓거리 공짜로 해주오? 왜 양놈 영화에 나오는 미친놈도 그러지 않소. 잘 하는 건 공짜로 해주지 말라고."

낄낄거리는 소리가 카운터 너머로 들려왔다.

"그럼 이제 언더 다크루 가겠구나?"

언더 다크.

시체 구덩이에서 한 번 들었던 이름이었다.

언더 다크는 가디언과 반대되는 개념으로, 세드 전역에 넓게 퍼져있는 범세계적인 범죄 조직을 뜻했다.

처음엔 작은 조직이었으나, 세드에서 온갖 마약과 불법적인 물품들을 밀매하며 순식간에 엄청난 규모로 성장했다.

"거서 일하면 벌이는 엄청 짭짤하다고 들었디."

"그 놈들이랑은 일 못하오."

비록 지훈이 나름대로 악한이라곤 하지만, 될 수 있으면 자기 나름대로 철칙을 지키며 살았다. 사회의 법망을 무시하는 만큼 삐끗하면 망나니가 될 수도 있기 때문이었다.

그 내용으론 아이나 여자는 될 수 있으면 건들지 않는다거나, 죄 없는 사람을 죽이지 않는 것 등이 있었다.

하지만 언더다크는 달랐다.

엘프 거래를 위해 여자와 어린아이까지 모조리 잡아들이

는 등. 돈을 위해서라면 무슨 일이든 하는 놈들이었다.

뭐 어차피 이젠 하고 싶어도 이블 포인트 문제 때문에 할 수 없었지만 말이다.

"그냥 내 팀이나 꾸려볼까 싶소."

"어려운 길 갈라 하는고. 몫 나누면 남는 것도 없을 텐데. 뭐 네 선택이니 됐다. 꼴리는 대로 해라."

지훈은 석중에게 목례하곤, 칼콘에게 몫을 나눠줬다.

"뭐야, 천? 평소랑 배당이 다른데?"

칼콘이 고개를 갸웃거렸다. 평소대로라면 7:3으로 나눴기 때문이었다.

"이번 일은 너 없었으면 아마 처리 못했을 걸. 일 한 만큼 줬으니까 그냥 가져가라."

"고마워. 그렇지 않아도 요즘 스테로이드랑 단백질 필요했는데 잘 됐어."

칼콘은 기분 좋은 듯 씩 웃었다. 살짝 올라간 입술 아래로 날카로운 엄니가 살짝 빛났다.

"그나저나 아는 거래상 있어?"

가져온 무기들을 처리해야 했다.

수중에 있는 총기만 6정이고, 아티펙트도 세 개 있었다.

될 수 있으면 방어구까지 모조리 챙겨오고 싶었지만, 부피 때문에 그냥 한 벌씩 입고 오고 말았다.

"음. 암시장 정도?"

지훈이 살짝 표정을 굳혔다.

암시장은 위에서 언급됐던 언더다크 운영하는 불법적인 거래공간으로, 많은 장물 및 불법적인 물건들이 돌아다니는 곳이었다.

지훈은 대부분 석중하고만 거래했기 때문에 자주 가보진 못했다.

여러 가지 이유로 내키지 않는 곳이었지만, 그렇다고 값비싼 아티펙트를 버릴 수도 없는 노릇.

결국 지훈은 알겠다고 말했다.

"근데 장날은 알아?"

"내가 한 번 알아보고 나중에 다시 연락하도록 하지."

그 말을 마지막으로, 둘은 헤어져 각자 집으로 향했다.

[정산 결과]

획득.

중배 살인 청부 대금 : 2,000만 원.

중배 일행 금고 저장금: 1,000만 원.

케블라 방탄복 2벌.

F급 아티펙트 단검 3 자루

기타 총기.

지출 : 없음.

총액.

3,000만 원 획득.

[배분]

[지훈]

현금 1,500만 원 수익.

– 장비 손상 : 없음.

– 부상 : 없음

– 능력 : 티어업 1번. 이블포인트 4 증가.

잔고. 1,720만 원.

[칼콘]

현금 1,500만 원 수익.

– 장비 손상 : 없음

– 부상 : 없음

– 능력 : 대인전투 경험 약간.

◈

다음날 날 오후.

지훈은 지현과 함께 오래간만에 외출을 했다.

평소라면 꿈도 못 꿀 사치였겠지만, 어제 받은 보수가 짭짤했기에 괜찮았다. 그리고 최근에 쌓인 묵은 감정들을 털어낼 기분 전환도 필요했고 말이다.

지현이 스테이크처럼 생긴 음식을 씹으며 말했다.

"그거 다진 버섯이야. 엘프들이 단백질 대용으로 키우는 식물인데, 맛이 꼭 고기 같지?"

"응! 이거 진짜 맛있다. 나 이런 거 처음 먹어 봐!"

"많이 먹어."

"근데 이런 거 엄청 비싸지 않아?"

비싸다. 그것도 엄청.

그렇지 않아도 지구의 바다 및 하늘이 잔류 몬스터로 막히면서 식량 인플레가 상상을 초월할 정도로 심각했다.

그런 상황에서 스테이크? 두 말 하면 잔소리였다.

"돈 많으니까 걱정하지 말고 많이 먹어."

"도대체 어디서 그렇게 큰돈을 벌어온 거야?"

"몰라도 돼."

지현을 만족스럽게 쳐다보며 머리를 쓰다듬었다.

가끔 정신 나간 짓거리를 저지를 땐 전부 다 때려 치고 싶은 마음도 들었지만, 이러니저러니 해도 동생은 동생이었다.

식사 후, 지훈은 식대 50만원을 깔끔하게 현찰로 꼬라박고 가까운 상가로 향했다.

지현에게 옷 몇 벌 사 입히기 위해서였다.

"예쁜데?"

"살이 너무 많이 빠진 것 같아. 볼품없지 않아?"

"딱히. 원래 여자는 마른 게 예뻐."

칭찬에 기분이 좋았는지 지현이 헤죽 웃었다.

병 이후 몇 번 보지 못했던 웃음에 마음속에서 뭔가 사르르 녹아 없어지는 게 느껴졌다.

쇼핑 다음으론 영화를 봤고, 오는 길에 지현이 갖고 싶어하던 휴대용 라디오도 하나 사줬다.

"아, 진짜 재밌었다! 진짜 매일매일 오늘 같았으면 좋겠어!"

지훈은 집에 오는 길에 까르르 웃는 지현을 어딘가 서글프게 쳐다봤다.

'앞으로 돈 많이 벌어서 자주 해줄게.'

아직까진 약이네, 월세네 해결해야 할 문제가 많아서 지훈 물건은 못 샀지만 좀 참기로 했다. 어차피 앞으로 들어올 돈은 많았다.

'나한텐 이 반지가 있으니까 걱정 없다.'

지훈은 반지를 쓰다듬으며 표면에 적혀있는 글자를 읽었다.

–권능을 당신의 손안에.

지훈은 집에 도착하자마자 바로 짐을 내려놓고 밖으로 나왔다.

"집 도착하자마자 어디 가?"

"시체 구덩이."

"술 마시게?"

"아니, 해야 할 일이 좀 있어서."

"또 뭔데? 맨날 뭐 하는지 가르쳐 주지도 않고."

표정이 불편한 게 위험한 일 하러 가는 게 아닐까 의심하는 것 같았다.

"그런 거 아니니까 안심하고, 오늘은 집에서 푹 쉬어라."

"알겠어."

"까트나 마약도 하지 말고."

"안 해!"

불만스러웠는지 지현은 볼에 바람을 불어넣고 흥 소리를 냈다.

저런 모습만 보면 영락없는 소녀인데, 가끔씩 사고를 쳐대니 퍽 믿음이 가질 않았다.

"약 먹으면 괜찮아. TV 보면서 기다릴 테니까 일찍 와."

"늦을지도 몰라. 기다리지 마."

"알겠어~ 올 때 멜로나."

멜로나.

단종 된지 꽤 된 얼음과자였다.

얼마나 오랫동안 구경도 못해봤으면 저런 반응이 나올까 싶어 암시장 다녀오는 길에 씹을 거리나 좀 사와야겠다고 마음먹었다.

◈

지훈은 다시 시체 구덩이를 찾았다.

붐, 붐, 붐, 붐, 뜨든!

저번과 달리 무슨 변덕인지 가게 안에 EDM(일렉트로닉 댄스 뮤직, 소위 클럽 음악)이 흘러나오고 있었다.

"어울리지 않게 무슨 클럽 음악이야?"

투덜대는 말에 주인이 픽 웃으며 답했다.

"이번에 내 조카가 이쪽으로 관광 왔거든. 그래서 파티 열어줬지."

– 하하하! 마셔라, 마셔라, 술이 들어간다!

– 야, 원샷 시키지 마! 꼴면 어쩌려고 그래!

아니나 다를까 술집 구석에서 젊은 남녀가 초저녁부터 술을 들이붓고 있었다.

"보니까 갓 스물쯤 돼 보이는데, 너무 내버려 두는 거 아냐?"

슬쩍 주변을 훑었다.

지훈 말고도 파티를 지켜보는 이들이 많았는데, 아마 그 중엔 기회만 된다면 강도로 돌변할 이도 몇 있어 보였다.

"믿음직한 보디가드를 하나 붙여뒀으니까 걱정하지 마."

주인은 턱짓으로 구석에 기대고 있는 인영을 가리켰다.

중세시대 수도승마냥 온 몸에 로브를 둘러썼음은 물론. 살짝 드러난 팔과 다리는 전부 붕대로 감고 있었는데, 매우

얇아서 툭 치면 부러질 것 같았다.

"스프리건? 저딴 희귀 종족이 왜 이딴데 있어?"

스프리건은 반인반목으로 굉장히 독특한 종족이었다. 얇고 긴 육체는 대부분 목질화 되어 있으나, 식물처럼 생긴 외형과 달리 속도가 매우 빠른 종족이었다.

과거 종족동맹 전.

곧 화기가 보급되지 않았을 시기엔 백병전에 어울리지 않는 육체 때문에 약소종족이었지만, 지금은 얘기가 달랐다.

타 종족보다 1.5배는 더 빠른 스피드로 움직이며 총을 쏴재끼니, 저항 수치가 웬만큼 높은 각성자가 아니고서야 상대하기 껄끄러운 상대가 됐다.

"언더 다크 쪽에서 붙은 호위인데 좀 빌려줬지. 그나저나 무슨 일? 이 시간부터 한가하게 술이나 땡기러 온 건 아닌 것 같아 보이는데."

누가 이 쪽 사람 아니랄까봐 눈썰미 하나는 기가 막혔다.

"이번 암시장 언제 열려?"

"오늘."

가는 날이 장날이라더니 그것 참 우연이었다.

권능의 반지

10화. 암시장

NEO MODERN FANTASY STORY

"위치는?"

"에이~ 알 거 다 아는 사람끼리 왜이래. 안 돼."

"이번에도 길잡이 따라 가라고? 말이 길잡이지 걔네가 우리 털어먹을지 어떻게 알아?"

실실 웃던 주인의 표정이 굳었다.

"지훈, 나 못 믿어?"

"뭔 소리야."

"내가 부리는 사람을 못 믿으면, 나도 못 믿는 거야."

"계약직이라며. 통수 까고 토낄 수도 있잖아."

"정규직 승진했어."

"빌어먹을. 그래서 오늘 언제?"

“오후 9시. 도착하면 10시 쯤 될 거야.”

지훈은 알겠다고 말하곤 지갑에서 40만원을 꺼내 테이블 위로 올려놨다.

“에이, 우리 사이에 무슨 삯이야. 넣어 둬.”

“나랑 칼콘. 둘 다 탈건데?”

“다음에 일 생기면 그때나 좀 도와줘.”

혀를 차며 돈을 쭉 밀었다.

언더 다크 일은 하지 않겠다는 무언의 의사 표현이었다.

찝찝한 건 둘째 치고, 이젠 이블 포인트까지 신경 써야 했기 때문에 질 나쁜 짓은 하고 싶지 않았다.

강도짓 하는 양아치나 중배 건을 봤을 때, 포인트 등락 판정이 조금 느슨한 걸로 보이긴 했다.

하지만 오르는 순간 생명이 위험한 건 사실이었기에, 심장 쫄깃해져가며 굳이 나서서 더러운 일을 하고 싶진 않았다.

“평생 안 할 것도 아니면서 뭘. 그리고 여태 일 해준 것만으로도 고마워서 그래.”

“그럼 사양 않지. 맥주나 한 잔 먹고 싶군. 그 뭐야, 저번에 먹었던 골든 하플링 맥주는 얼마지?”

주인은 씩 웃으며 손가락 2개를 들어 보였다.

“썩을, 무슨 고급 식당 한 끼 가격이네.”

“아니. 거기다 숫자 하나 더.”

지훈은 입으로 된소리를 내뱉곤, 주인에게 전화 한 통만

빌리겠다고 말했다.

뚜르르- 뚜르르- 뚜…

"여보세요."

"나다. 암시장 오늘 이랜다. 9시에 출발이라니까 빨리 와."

"시체 구덩이?"

"기다리지."

맥주 몇 병 홀짝이고 있자니 칼콘이 도착했다.

"시간 됐네. 안내해 줄게. 우페스, 이 두 분 좀 시장으로 보내 드려."

퍽 독특한 이름을 가진 사람의 안내를 따라가자, 커다란 공터에 관광용 버스 두 대가 서있었다.

"이름?"

"김지훈, 크라카투스 콘투레 보더워커."

우페스는 뭔가 끄적끄적 적더니 명찰 두 개를 건네줬다.

각각 20과 21이라고 적혀 있었다.

"잃어버리지 마. 시장에서 그거 없으면 가디언이나 경찰 쪽 스파이로 보고 바로 죽일 거야."

버스는 바로 출발했다.

풍경을 보고 싶었으나 안타깝게도 창문이 모두 암지로 가려져있어 그럴 수 없었다.

불편하지도 편하지도 않은 의자에 몸을 뉘여 깬지 잠든지 모른 체 시간을 보내길 얼마.

"도착! 다들 내려."

버스에서 내리자 웬 이상한 사람들이 다가와 명단과 방문객의 얼굴을 일일이 대조했다.

뒤가 구린 인물을 걸러내는 절차 같았다.

"설명 시작한다, 다들 주목!"

조금 직급이 있어 보이는 남자가 설명을 시작했다.

설명에 따르면 암시장은 크게 두 장소로 나뉘어져 있는 것 같았다.

하나는 언더 다크가 직접적으로 운영하는 상점들로 가격은 꽤 비싸지면 상질의 물건을 얻을 수 있는 장소였고,

다른 하나는 암시장을 찾은 사람들끼리 직접적으로 거래하는 자유시장이었다.

"언제 와도 신기하단 말이야."

칼콘은 마치 도시에 처음 온 어린아이처럼 주변을 두리번거렸다.

그럴 법도 한 게 눈앞에는 대형 마트만한 커다란 천막이 쳐져있었고, 그 둘레를 따라 굉장히 많은 버스가 주차되어 있었다.

"너무 둘러보지 마. 파리 꼬인다."

"알겠어."

긴 줄을 따라 안으로 들어가자 외관과 달리 쾌적한 환경이 펼쳐졌다. 지훈은 적당히 느린 걸음으로 주변을 둘러보며 걸었다.

"직매장 안가?"

"거기로 가 봐야 비싸게도 안쳐줘. 될 수 있으면 물물교환 할 거야."

누가 범죄조직 아니랄까봐 언더다크는 살 때는 무지막지하게 싸게 사면서 팔 때는 굉장히 비싼 가격으로 팔아 폭리를 취했다.

그 뿐만 아니라 자유 시장에서 물건을 팔려면 일정 비용을 이용료로 지불해야 하기 때문에 될 수 있으면 물물교환으로 거래하고 싶었다.

– 수제 총알 팝니다. 걸리지 않고 잘 나가요. 추적당할 일 없으니까 암살에 쓰기 좋습니다!

– 까트 팜! 물물교환 OK!

– 절임 과일 팝니다. 설탕 사과도 있어요.

칼콘은 딴 물건엔 관심이 하나도 없다가, 설탕이라는 말에 바로 걸음을 멈췄다.

"뭐하냐?"

"나 저거 먹을래."

칼콘이 눈을 반짝거리며 꼬챙이에 꽂힌 사과를 쳐다봤다. 반들반들 빛나는 게, 설탕 옷을 입혀놓은 것 같았다.

"애도 아니고 뭐 저런 걸 먹어."

"근육 키운다고 매일 밥 같지도 않은 음식만 먹었어. 이 정도는 먹어도 돼."

칼콘은 커다란 몸을 옮겨 바로 사과를 구입했다. 그깟 사과 하나 얼마나 할까 싶었지만, 가격은 4만원. 엄청났다.

와작.

칼콘은 아주 조그마한 조각까지 전부 음미하고 싶었는지, 소가 여물 되새김질 하듯 오래오래 씹었다.

"맛있냐?"

"안 줄 거야."

"그딴 거 줘도 안 먹…."

순간 지훈의 머리에 지현이 스쳤다.

올 때 멜로나.

"절임 과일 얼마요? 저기 통에 밀봉 된 녀석으로."

"오 잘 고르셨습니다. 저거 복숭아죠, 설탕에 잘 절여놓은 거라 맛이 좋습니다!"

"방부재 들어갔소?"

"에이… 돈이 어디 있어서 그런 걸 넣습니까. 그냥 설탕이랑 과일 밖에 없습니다. 아마 조금 발효 되서 쓴 맛이 나긴 할 겁니다."

지훈은 대금을 치르고 절임 과일을 구입했다.

"솔직히 말해, 너도 먹고 싶었지?"

"내가 먹을 거 아니다."

"인간은 참 거짓말을 잘해. 우리는 거짓말을 하면 불알이 떨어진다고 믿어서 거짓말 따윈 안 하는데 말이지."

"자꾸 헛소리하는데, 불알에 워커 한 번 박혀봐야 정신 차리지?"

"낄낄! 부끄럼쟁이네."

둘은 여기저기 돌며 많은 물건을 구입했다.

칼콘은 주로 헬스 용품을 구입했고, 지훈은 약간의 탄환과 지현의 약을 구입했다.

"나는 일단 꼭 사가야 할 물건은 거의 다 구입했다. 너는 뭐 더 살 거 있나?"

"저번에 썼던 방패 같은걸 사고 싶은데, 비싸. 돈 빌려달라면 빌려 줄 거야?"

"아니."

"쳇."

칼콘이 고개를 획 돌렸다.

"그럼 그냥 구경이나 하다… 맞다. 지나가다 엘프 고기 봤어. 그거 먹자."

엘프 고기라는 말에 얼굴이 구겨졌다.

"그걸 꼭 지금 먹어야겠냐?"

"불법이라 여기 아니면 못 먹잖아."

맞는 말이었다.

현재 인간-엘프 사이엔 종족 동맹이 채결된 상태였으므로, 두 종족간 노예거래나 식인 같은 행동을 할 경우 공권력의 강력한 제재를 받았다.

하지만 그건 어디까지나 양지 얘기. 음지는 달랐다.

"너도 먹을래? 원하면 내가 살게."

"딱히."

"그래, 가자."

맘에 들지 않는다고 혼자 보낼 수도 없는 노릇이었다.

지훈이 아무리 각성자가 됐다고 한들, 이 위험천만한 암시장에 혼자 다녔다간 돈 포함 입고 있는 옷까지 다 털릴 수도 있었다.

실제로 중배도 각성자인데 총 맞고 죽지 않았던가.

'쯧, 최대한 빨리 저항 능력치를 올려야지.'

아마 E랭크만 되도 권총탄에 일격사 하진 않으리라.

"엘프 꼬지, 30만원. 맥주도 팔아요. 맛 좋으니 먹고 가세요."

엘프라는 단어와 음식을 뜻하는 꼬지라는 단어가 합쳐지자 굉장히 불쾌한 어감을 만들었음에도, 풍겨오는 냄새는 매우 구수해 지나다니는 이들의 배덕감을 자극했다.

"꼬지 2개! 맥주는 커스!"

칼콘은 꼬지가 나오자마자 바로 입에 집어넣곤, 연거푸 맥주를 목 뒤로 넘겼다.

"크아! 맛있어!"

"미친 새끼."

"거기 손님. 엘프 한 번도 안 먹어 봤죠? 정말 맛이 좋습니다! 먹어보면 얘기가 다르다니까요?"

"꺼져."

마치 목 앞에 칼을 들이대는 것 같은 섬뜩한 살기에, 노점상의 시선이 조심스럽게 돌아갔다.

"왜 그렇게 예민해. 인간들도 개, 돼지, 소 잘 먹잖아."

어떻게 엘프를 가축과 비교한단 말인가?

순간 어이가 없어졌지만, 반박은 하지 않았다.

일일이 따지기엔 문화차이가 너무 심했기 때문이었다.

오크는 식인을 굉장히 자연스럽게 여기는 종족으로, 장례 절차만 해도 그랬다. 그들은 시신을 식장(食葬)하는데, 죽은 동료를 먹음으로써 하나가 되어 같이 살아간다고 믿었다.

"됐으니까 빨리 처먹기나 해. 넌 내가 뒈져도 내 시체 씹어 먹을 놈이다."

"네가 우리 쪽 장례 절차에 동의한다면, 죽어서도 나와 함께 할 수 있는 영광을 줄 순 있지?"

"사양하지. 그러니 제발 빨리 그것 좀 없애. 보고만 있어도 토할 것 같군."

칼콘은 고개를 끄덕이곤 큰 입에 꼬지를 모조리 집어넣곤, 우악스러운 입으로 맥주 500CC를 그대로 털어 넣었다.

볼 일이 모두 끝났기에 남은 시간은 자유롭게 시간을 보냈다.

암시장이 오전 6시에 닫히기에 많은 시간이 남았지만, 이것저것 살펴볼 건 많았기에 지루하진 않았다.

"같이 한탕 할 동료를 구한다!"

누군가는 범죄를 같이 저지를 동료를 구했고,

"사람 좀 죽여줘! 보수는 후불이야!"

또 다른 누군가는 청부 살인을 원했으며,

"폐품업자 모집합니다. 위험한 일은 아니고, 분쟁지구에서 시체만 뒤지면 됩니다."

저런 군상들이 꼭 인력시장을 보는 것 같았다.

그 다음으로 나타난 것은 홍등가였다.

거기엔 암시장에서 한탕 하기 위해 출장을 온 여자들이 많았는데, 아예 가슴을 드러내고 호객을 하는 사람도 있었다.

저번에 아직 다 크지도 않은 엘프와는 차원이 다를 정도로 아름다운 엘프는 당연하고, 심지어 오크나 놀 같은 이종족도 섞여 있었다.

칼콘은 이것저것 흥미가 동하는 눈치였지만, 지훈만 물끄러미 쳐다봤다.

"뭐 새끼야. 왜 날 쳐다봐. 난 안해."

◈

지훈은 벽에 기대 이런저런 생각에 잠겼다.

사실 한국에선 매춘이 불법이었으나, 이제 그 법도 굉장히 모호해졌다. 애초에 세드 쪽 종족들은 매춘이 불법이라는 인식 자체가 없었기 때문이었다.

그 까닭에 교류 초기에 정치적 충돌이 발생했다.

이종족 쪽 상단은 당연하다는 듯 매춘 사업을 했으나, 인간 쪽에 제품을 유통하지 못하니 불공정 거래라는 얘기를 꺼낸 것.

결과적으로 한국은 자국 영토와 개척지 내에서만 매춘을 금지했고, 그 외 다른 영토에선 신경 쓰지 않겠다는 입장을 발표했다.

일면에선 원정녀 양산 법안이라며 첨예한 대립이 발생했지만, 그나마도 많은 사건에 묻혀 금방 잊혀 버렸다.

'그러고 보면 참 애매하단 말이지.'

어차피 할 생각도 없었으나, 살짝 생각에 잠겨봤다.

한국에서는 매춘이 불법이고, 도덕적으로 악한 행위에 속했다. 하지만 굳이 세드까지 올 것도 없이, 호주 같은 나라만 가도 매춘이 합법이다.

인간 사이에도 국가에 매춘에 대한 입장이 나뉘는데, 이걸 종족 수준으로 넓히면 복잡한 문제가 될 수밖에 없었다.

'그럼 매춘을 하면 이블 포인트가 오를까?'

호기심에 던진 질문임에도 반지에서 대답이 돌아왔다.

– 관점에 따라 선악의 문제가 달라지는 경우, 객관적인 도덕적 관념에 따라 증감이 결정됩니다. 해당 문제의 경우엔 깎이지 않습니다.

한 마디로 누가 봐도 나쁜 짓이 아닌 이상 웬만하면 오르지 않는다는 뜻이었다.

이를 반대로 하면 누가 봐도 선한 행동이 아닌 이상에야 포인트가 내려가지 않는다는 거기에, 관리하기 애 좀 먹을 것 같았다.

담배를 물고 앞으로 무슨 일을 할까 고민하고 있자니, 칼콘이 돌아왔다.

만족스러운 표정이었다.

"가자."

조금 걸으니 눈요기를 할 수 있는 홍등가도 금세 끝.

다시 일반적인 암시장의 모습이 펼쳐졌다.

"두르 급매! 말린 것도 있고 추출액도 있습니다. 원하시면 세놉도 있어요. 세놉 팔… 헉!"

갑자기 장사하던 남자 하나가 화들짝 놀라 고개를 숙였다.

사람은 보통 시야 내에 급격한 움직임이 보이면 자연스럽게 쫓으므로, 지훈 역시 고개를 돌렸다.

'뭐 보면 안 될 사람이라도 봤나, 왜 저래.'

3초짜리 싸구려 관심도 잠시.

다시 발걸음을 옮기려는 찰나 지훈이 멈칫거렸다.

아는 얼굴이기 때문이었다.

권능의 반지

11화. 아이고 이게 누구야?

NEO MODERN FANTASY STORY

"이보쇼, 두르랑 세놉 판다고? 요즘엔 까트 말고 그런 게 유행하나 보오?"

쪼그려 앉아 남자와 눈을 맞추려 하자, 상대가 고개를 바닥에 처박아 버렸다.

"왜 말을 안 합니까. 물건 안 팔 거요?"

"사, 살려주세요…."

남자가 말을 더듬었다.

"내가 다시 한 번 만나면 어쩐다고 했지?"

지훈이 남자. 아니, 식물학자의 머리를 휘어잡았다.

"주, 죽인다고…."

"근데 어쩐다? 내가 널 봐버렸네."

지훈이 그대로 식물학자의 머리를 바닥에 찍었다.

빽! 소리와 함께 작은 피가 튀었다.

"그 전에 얘기나 한 번 들어보자. 왜 여기 있냐?"

"가기 전에 모아뒀던 약들 처리하고 가려고 했어요. 버리긴 너무 아까워서…."

"그래서 우리 식물학자 선생이 뽕쟁이로 둔갑했다?"

"혀, 형님. 들어 보십쇼… 이거 다 팔면 오백은 나옵니다. 바, 반절 드리겠습니다. 어떻습니까?"

식물학자가 급히 눈알을 굴렸다.

생명 연장의 꿈을 담은 애처로운 몸부림이었다.

"짭짤한데?"

칼콘은 구미가 당기는지 슬쩍 지훈의 동의를 구했다.

비록 혼자 산다지만, 칼콘도 이것저것 돈 나갈 구멍이 많기에 수익은 언제나 환영이었다.

"좋은 제안이긴 한데 내가 왜 너랑 거래를 해야 하지? 그냥 죽이고 뺏으면 되잖아."

당연히 이블 포인트 때문에 죽일 생각은 없었지만, 대화를 수월하게 끌고 가기 위해 협박먼저 내뱉었다.

잘 먹힌 걸까?

반신불수가 된 희망에 식물학자의 낯빛이 썩어 들어갔다.

그는 다른 희망을 물색하다 문득 경비 무리를 발견했다.

"여기요! 이 사람이 절 죽이고 물건을 뺏으려고 합니다! 도와주세요!"

경비가 고개를 갸웃거리며 다가왔다.

"아, 귀찮게… 뭔데?"

"자그마한 오해가 있었소. 이놈이 빚이 있는데 갚질 않아서 말이오. 개인적인 원한이니, 대금만 받으면 잘 해결될 거요. 신경 쓰지 않아도 됩니다."

"근데 왜 저 안경잡이 머리는 까져있어? 팬 거 아냐?"

경비가 들고 있던 기관단총을 고쳐 잡았다.

여차하면 바로 쏠 기세였다.

"맞습니다! 여기 이 새끼가 절 이렇게 만들었습니다! 구해 주세요!"

경비는 한 쪽 입가만 비틀며 비열한 미소를 지었다.

"내가 왜?"

"네?"

보통 시장 경비라면 이용자를 보호해야 하는 게 당연했다.

물론 그건 어디까지나 '보통 시장' 얘기고, 온갖 범죄가 비일비재한 암시장은 좀 얘기가 달랐다.

식물학자는 이해할 수 없다는 듯 입을 쩍 벌렸다.

"이런 일 해봐야 귀찮잖아. 돈이 나오는 것도 아니고. 응?"

경비는 저리 말하며 집게와 엄지로 동그라미를 그리며

노골적으로 뇌물을 요구했다.

"일 하신다고 많이 힘드실 텐데 참 귀찮게 돼서 미안하오. 그러니 이거 받고, 어디 가서 약주라도 드시며 회포라도 푸쇼."

익숙한 몸짓으로 경비의 주머니에 돈을 넣었다.

"에이, 사람을 뭐로 보고. 내가 겨우 푼돈 때문에… 에헤이, 이 사람 정말. 안 받는다니까."

말과 다르게 재킷 주머니는 활짝 열려있다. 그 모습이 전형적인 범죄자처럼 보였다.

식물학자는 저 멀리 멀어지는 경비의 등을 보며 허탈한 표정을 지었다.

"칼콘, 이 자식 끌고 와."

퍽!

자유 시장에서 좀 떨어진 천막 구석에 식물학자가 처박혔다.

"그러게 가랄 때 좀 가지. 의심이 많은 거야, 아니면 멍청한 거야?"

지훈은 자주 애용하는 글록에 소음기를 달았다.

이블 포인트 건도 있었고, 지현과 동갑인지라 동정심이 일어 살려주려 했지만 이번엔 달랐다.

돌아가지 않았다면 세드에 머물며 다른 동료와 연락했을 가능성도 있었기 때문이었다.

'이블 포인트로 죽으나, 암습당해서 죽으나 똑같다.'

아무리 지훈이 각성자고 전투에 익숙하다지만 그도 인간이었다. 자다가 총 맞으면 죽는다.

"다른 사람들한테 우리 얘기 한 적 있어?"

"없어요! 그냥 이거만 팔고 돌아가려고 했습니다!"

퍽!

본디 인간이란 살기 위해선 온갖 거짓말을 할 수 있는 동물인지라 믿기 어려웠다.

한 동안 미끼용 질문과 대답이 오고갔고, 그 때 마다 지훈은 식물학자를 몰아 세웠다.

"다른 놈한테 말했잖아. 솔직히 너 같은 피라미는 살려둬도 상관없어. 네가 누구한테 불었는지 그것만 말해. 그럼 내가 먼저 찾아가서 그 녀석 없애면 되거든. 그것만 말하면 널 살려줄게. 그럼 살아서 본토로 갈 수 있는 거야. 어때?"

식물학자의 눈이 흔들렸다.

"정말요?"

"그래."

절망 속에서 얻는 희망은 그 무엇보다 강력한 힘을 발휘한다고 했던가?

식물학자는 순식간에 사실을 털어놓기 시작했다.

"마약 유통하는 놈들한테 말했는데 거절당했어요. 녀석들은 형님 건들기 싫다고 했어요. 명분이 없다면서… 건들면 전쟁해야 한다고…."

상대도 석중과 싸우기 싫으니 그냥 정당방위로 생각하기로 한 모양.

'그런 거였나.'

그렇다면 걱정할 필요는 없었다.

"저 이제 가도 되나요?"

"아니."

지훈은 슬라이드를 당겼다.

어차피 살려 줄 생각 따윈 없었다.

두 번 살려주는 행동은 상대방의 오만을 자극하고, 이는 머지않아 복수심으로 변한다.

철컥.

탄환이 장전됨과 동시에 식물학자의 표정이 삽시간에 탈색됐다.

"보, 보내 주신다고 하셨잖아요. 거짓말이었어요?"

"거짓말은 네가 먼저 했잖아?"

칼콘에게 총을 건네주며 처리하라고 말하려는 순간…

"혀, 형님 밑에서 일하겠습니다! 저처럼 세드 식물학을 전공한 사람은 얼마 없어요! 분명 도움이 될 겁니다!"

민우가 마지막 발버둥을 쳤다.

"드, 들어보십시오! 혹시 만드라고라 아십니까? 제가 서식지를 압니다! 그 녀석을 캐다 팔면 꽤 큰돈을 만질 수 있을 겁니다! 제가 도와 드리겠습니다!"

"지랄한다. 우리가 시골 총각도 아니고 나물은 왜 캐."

차가운 축객령을 내리려는 순간 칼콘이 끼어들었다.

"아냐. 만드라고라는 좀 비싸."

솔깃.

그렇지 않아도 앞으로 무슨 일을 할까 고민스러웠던 상황.

대강 가격을 물어보니 리터 당 삼, 사천 정도 한다는 정보가 돌아왔다.

"지훈. 찝찝한 건 알겠는데 이거 꽤 매력적인 일이야. 만드라고라만 단독으로 있으면 다른 헌팅에 비해서 안전하기도 하고."

"이번 일만 끝나면 바로 본토로 돌아가겠습니다! 약속할게요!"

어차피 겁 많고 유순한 식물학자의 성격상 뒤를 칠 만큼 강단이 있어 보이진 않았다.

'그렇다면… 할 만 하겠군.'

지훈이 승낙의 뜻을 비치자 식물학자의 안색이 돌아왔다. 그는 긴장이 풀린 까닭인지 바닥에 주저앉았다.

"같이 일하게 돼서 반갑군. 그래서 이름이 뭐라고?"

"민우입니다. 우민우요. 감사합니다!"

"뭐 조금 불미스러운 과거가 있었지만, 원래 이 쪽 일 피아 구분이 좀 모호하니까 이해해."

민우는 못마땅한지 살짝 부자연스런 미소를 지었으나, 끝내 고개를 끄덕였다.

– 자비로운 행동에 따라 이블 포인트가 1점 감소했습니다.

– 이블 포인트 : 77 (–1)

서로 연락처를 교환했다.

추후 민우가 겁에 질려 나타나지 않을 가능성도 있었지만 딱히 상관은 없었다.

'도망간다고 해도 다른 일 알아보면 된다.'

◈

칼콘과 지훈은 마감 시간에 맞춰 버스를 타고 돌아왔다.

밤을 샌 까닭에 잠이 잘 와, 오는 동안 지루하지는 않았다.

우페스는 다음 장날이 8일 후라고 알려준 뒤, 버스를 타고 사라졌다.

'그나저나 우민우는 어디 살길래 안 보이는 거지?'

만약 가까운 곳에 살았다면 같은 버스를 타고 왔어야 했거늘, 눈을 씻고 찾아봐도 볼 수 없었다.

꽤 먼 곳에 산다는 뜻이었다.

지금 지훈이 있는 서울 개척지는 동구와 서구로 나눠져 있으니, 서구에 살 수도 있었고 조금 멀리 있다고 해도 가장 가까운 대만 개척지가 최대였다.

'뭐 전화만 연결되면 위치면 상관없겠지.'

"그래서, 다음 일은 정말 만드라고라 캐러 가는 거야?"

생각하고 있자니 칼콘이 쑥 끼어들었다.

"연락만 되면 그거 해야지. 안되면 다른 일 찾아보고."

아직 결정된 사안은 없었기에, 나중에 전화로 알려주겠다고 말한 뒤 헤어졌다.

◈

"나왔다."

집에 도착하자 지현이 눈을 부비며 일어났다. 기상하기엔 조금 이른 시간이었으나 인기척에 깼나 보다.

"늦게 왔네."

"그냥 이것저것 하다보니까 좀 늦었어."

지훈은 그렇게 말하며 코를 킁킁거렸다.

아무리 초여름이라곤 하나 아직 밤에는 춥다. 곧 이상한 짓을 했더라도 환기하진 않았을테지.

다행히 의심스런 냄새는 없었다.

"아~! 안했다고."

지현이 눈치를 챘는지 사납게 소리쳤다.

행동을 읽혔기 때문인지 지훈이 살짝 깨갱했다.

"누가 뭐래? 갑자기 소리를 지르고 난리야."

"의심했잖아!"

"전과가 있으니까 그렇지, 이 기집애야!"

지현은 뭔가 불만인 듯 도끼눈을 했으나, 그나마도 오래 가지 않았다.

"그게 뭐야?"

배낭에서 약과 함께 절인 과일이 나오자 지현 표정이 순식간에 밝아졌다.

"먹을 거야?"

"설탕 넣고 복숭아 절인거. 그거나 퍼먹어."

지현은 신이 난 어린애처럼 달려와 통을 받아갔다.

"그리고 멜로나 단종 된지가 언젠데 그런 걸 사오래? 여기가 아직도 서울로 보이냐?"

"아 답답한 양반아, 올 때 맛있는 거 사오란 말이었어."

지현은 입안에 복숭아를 넣고 오물오물 씹으며 행복한 표정을 지었다. 간혹 보급품으로 비스킷이나 초코바가 나오긴 했지만 뻑뻑해서 맛은 없었다.

"많이 먹고 살이나 쪄라."

"뭐래!"

"이 년이 오빠한테 못하는 말이 없네?"

"악! 악! 잘못했어!"

지훈이 꿀밤을 한 대 먹이려 하자, 지현은 숟가락 든 손째로 애써 머리를 감쌌다.

"네윔톨 사왔으니까 약도 거르지 말고 꼬박꼬박 먹어. 이번에 돈 좀 크게 들어와서 아낄 필요 없다."

지현은 눈을 빛내며 얼마나 들어왔냐고 물었지만, 대답하진 않았다.

"나 잘 테니까, 오늘 집주인한테 가서 월세 좀 내고와라. 그리고 남은 건 용돈하고."

일부러 밀린 월세를 내고도 꽤 남는 돈을 쥐어줬다.

"오빠, 나 그럼 돈 내고 영화 좀 보고와도 돼?"

"사내질만 안 하면."

"아, 진짜! 그만 해라?"

순간 지현이 몇 번 하지도 않은 도박이랑 계집질로 사골을 끓였던 게 생각나 살짝 울컥했으나, 그만뒀다.

애랑 싸워서 뭐하겠는가.

12화. 저 이제 가도 되나요?

대강 자고 일어나니 오후 5시.

뭔가 하기엔 애매한 시간이었기에, 가볍게 요기를 하곤 전화기를 들었다.

'돈 벌면 휴대폰도 사야겠다.'

항상 휴대폰 없이 유선 전화만 사용하다 보니 너무 불편했다. 그 뿐만이 아니었다, 집, 옷, 음식, 헌팅 장비 등 살게 너무나도 많았다.

'그러고 보면 참 불편한 환경에서 잘도 살았네.'

스스로를 대견해하며 수화기 너머로 귀를 기울였다.

뚜~ 뚜르르- 뚜~

"여보세요?"

"나다."

지훈은 평소 버릇이 나가 아차 싶었다.

"네가 누군데요?"

아니나 다를까 상대방이 모르겠다는 듯 되물었다. 덤으로 기분이 나빴는지 거슬리는 말투다.

'새끼가?'

이에 지훈 역시 질 나쁜 장난기가 솟았다.

"누굴 것 같냐?"

"비싼 전화비 감당하며 장난전화 질 할 여유 있으면, 가서 딸이나 치고 디비 자라."

지훈은 씩 웃음을 지었다.

'이 녀석 봐라?'

익명성이라는 것은 참 대단했다.

확실히 직접 대면하고 얘기할 때와-물론 머리에 총을 겨누고 있긴 했지만- 전화로 얘기할 때 태도가 천지차이였다.

"하이고, 우민우씨. 집에 가니까 없던 용기가 생기셨습니까? 대단하십니다 그려."

"어…? 어? 누, 누구십니까?"

실명이 언급되자 민우가 움찔거렸다.

"내가 연락 한다고 했냐, 안했냐."

"여, 연락 올 곳이 좀 많아서… 누, 누구세요?"

"김지훈, 새끼야. 김지훈!"

수화기 너머로 컥 소리가 났다.

아마 놀라서 덜컥거렸나보다.

"아이고… 죄송합니다, 형님. 요즘 하도 장난전화가 많이 와서…."

"그냥 연락 받나 확인 차 전화했다. 뭐하냐?"

민우는 만들어 놨던 도감을 정리하는 중이라고 말했다.

"헌팅 계획 짜야하니까 나와."

"어- 어. 벌써요?"

"문제 있냐?"

"아뇨, 제가 오늘은 약속이 있…."

혹 허튼짓 꾸미는 게 아닐까 싶은 의심이 떠올랐다.

"그건 내 알 바 아니니까, 나와."

"저, 이번 약속 중요…."

"시체 구덩이. 7시. 안 오면 죽는다."

민우에게 시체 구덩이가 어디냐는 질문이 돌아왔지만, 대답해 줄 필요성을 느끼지 못했기에 그냥 전화를 끊어버렸다.

시체 구덩이 앞에는 언젠가 봤던 낯익은 얼굴들이 보였다.

저번에 관광 왔던 젊은이들이었는데, 지금 떠다는지 주인이 배웅을 해주고 있었다. 지훈은 그들이 떠나는 걸 지켜보다 주인에게 다가갔다.

열 걸음 정도 걸었을까?

뒤통수에 차가운 느낌과 함께 기괴한 소리가 들려왔다.

"더 다가간다. 너 죽는다. 용건?"

어눌한 한국어와 나무껍질 비비는 것 같은 음성을 보아, 보디가드로 붙어있다던 스프리건 같았다.

"지인이다 이 반쪽짜리 식물 새끼야. 내 대가리에서 당장 총 치워."

시야 한편에서 주인이 손부채질을 하는 것과 동시에 뒤통수에서 느껴지던 차가운 느낌이 사라졌다.

"요즘 식물들은 사람한테 총도 겨누고, 세상 참 미쳐 돌아가. 그치?"

주인은 계집마냥 홀홀 웃으며 지훈의 어깨를 토닥였다.

"반가워~ 지훈. 오늘은 또 무슨 일?"

"한 잔 하러 왔지 뭐. 안에 룸 빈 곳 있어?"

"여자, 비즈니스, 검투. 셋 중 어느 거?"

검투라는 말에 얼굴을 굳혔다.

"그거 아직도 해? 겁도 없군."

"요즘 단속 안 나오잖아~ 그리고 보는 맛도 쏠쏠하구."

"사채 쓴 멍청한 새끼들 잡아다가 쌈박질시키는 게 재미있다고? 나도 병신새끼 인생에 마침표 찍어 주는 건 좋아하지만, 이건 좀 아닌 것 같은데."

"어머? 험한 일 도맡아 하는 지훈이가 그런 말 하니까 섹시하네. 역시 겝모에가 매력이라니까."

마치 상품 보듯 슥 훑는 주인의 시선에 소름이 돋았다.

"됐고, 비즈니스 룸으로 하나. 술은 커스랑 예거."

"들어와."

안내를 받아 룸 안으로 들어갔다.

전체적으로 검은 색과 붉은 색이 어우러진 방이었다.

고급스러운 쇼파에 몸을 묻고 있자니, 얼마 후 민우와 칼콘이 도착했다.

"뭐 그렇게 뻘줌하게 서있어? 앉아."

어째야 할 줄 모르는 민우를 턱짓으로 가리키자, 녀석은 그제야 제 자리를 찾아 앉았다. 이런 고급 룸은 처음인지 눈알만 굴려 주변을 모습이 퍽 어수룩해 보였다.

"이런 룸은 비싸지 않습니까…?"

"주인이랑 안면 있어서 괜찮아. 신경 쓰지 마."

민우 말대로 제 가격 주고 빌렸다면 몇 백은 족히 나갈 자리였지만, 과거 연이 있어 싼 가격에 빌릴 수 있었다.

게다가 초저녁이라 아직 본격적인 장사 시작 전이니 잠깐 빌려줘도 상관없다는 눈치였기도 했고 말이다.

"한 잔?"

낯선 분위기 속에서 토끼마냥 신경 곤두세우고 있는 민우가 안쓰러웠기에, 대충 예거에 에너지 드링크를 말아 권했다.

"제, 제가 술이 약해서요."

혹여 독이라도 들었을까 싶어 의심하는 눈치였다.

"분위기 깨지 말고, 그냥 처먹어."

민우는 난처한 표정으로 잔을 받아든 뒤 살짝 홀짝였다.

'마, 맛있다!'

양주라기에 독하고 쓸 줄 알았거늘, 에너지 드링크가 섞여 달달했다.

칼콘은 그 모습을 보고 픽 웃었다.

"너무 긴장하지 마. 같이 일하게 된 게 대수라고. 그나저나 지훈, 그거 기억 나? 저번에 같이 일했던 꼬맹이가 펑굴 사냥에서 포자 마시고 머리 터진 거 말야."

어투는 픽픽 웃는 주제 말속에 뼈가 있었다.

아마 새로 들어온 녀석이 신경 쓰여서 겁이라도 주고 싶었던 모양이다. 아니면 서열을 확실히 하고 싶던가.

펑굴은 스프리건 같은 반인반초 종족으로 움직이는 버섯이었다. 움직임이 느려 안전해 보이지만, 무색무취의 포자를 뿜어내기 때문에 자칫 잘못하다간 내장이 모조리 박살 날 수도 있는 무서운 녀석이었다.

"겁은 적당히 줘. 그나저나 잘들 지냈어?"

지훈이 칼콘에게도 예거밤을 한 잔 말아주며 물었다.

셋 사이에 어색하기도, 과격하기도 한 안부가 지나갔다.

"다시 한 번 반갑다. 얼마 전 까지만 해도 적어이었지만, 이젠 아군이니까 잘 해보자. 건배."

– 건배!

"자 그럼 이제 술도 들어갔겠다 그 사업 얘기나 들어보자. 만드라고라가 뭔데?"

“최근 스프리건이나, 펑굴같은 반인반목, 반인반초 생물들이 발견되면서… 식물과 동물의 경계가 모호해 졌죠. 만드라고라 역시 비슷한 맥락….”

학명 만드라고라, 비명초로 불리는 이 물건은 식물인지 동물인지 헷갈려 많은 학자들의 골머리를 썩인 녀석이었다.

펑굴이나 스프리건처럼 활발히 움직이진 않으니 식물 같기도 했고, 또 다른 면으로 보면 동물 같기도 했다.

하지만 중요한 건…

“이봐 학자양반. 우린 강의나 들으러 온 게 아냐. 그래서 그게 뭐냐고.”

“미약 재료로 쓰입니다.”

“미약? 그게 뭔데?”

“흐, 흥분제요….”

만드라고라가 비싸게 거래된다는 사실이었다.

“비아그라 비슷한 거?”

“비슷한데, 여성용이에요… 유선을 자극해서 가슴이 커지는 부작용이 있어서 남자는 잘 쓰질 않거든요.”

가슴!

왜 비싼지 한 번에 알 수 있는 대목이었다.

수술 없이 천연 추출물만으로도 가슴이 커진다?

그것도 부작용 없이 말이다.

‘내가 여자라면 꼭 산다!’

근래에 들어 왠지 가슴 큰 여자들이 많이 보인다 싶었는데 이유가 저거였던 걸까?

"그 외에도 음몽, 야한 꿈을 꿀 수 있다고 해서 항우울제로도 사용하는 등 버릴 곳 하나 없는 좋은 식물이에요."

"가슴 커진다는 시점에서 얘기 끝났어. 항우울제 그딴 게 뭐가 중요해."

칼콘이 '젖이래, 젖' 하며 낄낄대며 웃었다.

"근데 그게 왜 그렇게 비싼 건데? 양식 안 돼?"

분명 비싸다면 그 이유가 있을 터였다.

"그게 만드라고라가 동물 피랑 정액을 먹고 자라거든요…."

뿐만 아니라 굉장히 예민한 식물이라 토질과 수질 외에도 세드의 햇빛 아래가 아니면 자라지 않는 것은 물론, 공격적인 성질을 띠고 있어서 파종이 불가능했다.

"좋아. 그럼 설명은 그만하고. 그래서 그게 어디 있는데?"

민우는 헛기침을 하곤, 사과를 테이블 중앙에 올려놨다.

"이게 지금 서울 개척지입니다."

다음은 포도를 하나 집어서 사과 서북쪽에 올려놨다.

"이게 대만 개척지구요. 더 가면 자살숲이 있죠."

"야 그게 무슨 헛소리야? 거길 들어가자고?"

칼콘이 학을 떼며 짜증을 부렸다.

자살숲은 대만 개척지 서쪽에 있는 숲으로 지형이 거칠고 나무들이 전부 일그러져 있어 들어가면 나오기 힘든 곳이었다. 까닭에 자살하러 가기 딱 좋은 숲이라고 해서 자살숲이라 불렸다.

"아, 아뇨. 자살숲에도 만드라고라가 서식지가 있지만… 거긴 안 가요. 저희가 갈 곳은 동쪽입니다."

민우가 들고 있던 컵이 사과 동쪽에 떨어졌다.

자살숲에 빙 둘러싸인 대만 개척지 밖에 없는 휑한 서쪽과 달리, 동족은 얘기가 달랐다. 엄청나게 넓은 평야가 펼쳐져 있었는데, 그 평야 안에 온갖 곳들이 가득했다.

"저희가 갈 곳은 바로 티그림 숲입니다."

처음 듣는 지명에 살짝 고개를 갸웃거렸다.

"거기가 어딘데?"

"러시아 개척지 방향 고속도로 타고 가다가 티그림 톨게이트로 빠져나오면 됩니다."

고속도로를 타야 한다면 거리가 꽤 멀다는 뜻.

'차가 필요하겠군.'

지금까진 서울 개척지나 가까운 대만 개척지 정도만 오가며 일을 처리했던지라, 굳이 유지비 많이 드는 차까지 구입해 놓진 않은 상태였다.

'일단 지금은 렌트하거나 대중교통 타고, 수익 괜찮다 싶으면 차도 한 대 사자.'

본격적인 헌팅을 다니려면 차는 필수였다. 보통 개척지 같은 도시 주변은 청소가 완료된 터라 적어도 2~3시간은 나가야 돈 될 만한 물건들을 찾을 수 있었다.

차 걱정을 하던 지훈과 달리, 칼콘은 다른 문제가 신경 쓰이는 것 같았다.

"티그림이면 엘프 거주지잖아. 게다가 요즘 트리엔트가 나온다는 얘기도 있어."

표면적으론 현재 엘프와 종족 동맹이 맺어졌다지만, 물밑으로 인신매매가 판을 쳤기 때문에 두 종족간 사이는 그리 좋지 않았다.

인간 도시에 엘프가 나돌아 다니지 않는 것처럼, 인간 역시 될 수 있으면 타 종족 도시 주변에 얼씬거리는 것을 꺼려했다.

"게다가 난 오크라서 엘프랑은 비동맹 상태라고."

"만드라고라 서식지는 엘프 거주지와 멀리 떨어져 있으니 신경 쓰지 않으셔도 될 겁니다. 그리고 트리엔트도 소문만 무성할 뿐이지 실제로 본 사람도 없고요."

쓸대 없는 불안이라는 듯, 민우가 변론했다.

"위험해."

"성공한다면 큰돈을 만질 수 있을 겁니다."

칼콘과 민우의 눈이 동시에 지훈에게로 향했다.

누구 의견이 옳은지 선택해 달라는 것 같았다.

'겨우 약초 캐러 가는 데 별 일 있겠어?'

위험한 조짐이 보이면 바로 발을 빼면 그만이었다.

"가자. 어차피 이 짓거리 하면서 위험한건 매번 똑같잖아?"

"훌륭한 선택입니다."

이후 테이블 위로 개괄적인 전략에 대한 얘기가 오갔다.

이동은 대중교통 혹은 렌트를 이용하면 됐기에 별 문제가 없었으나, 중요한 건 바로 장비였다.

채집이야 민우가 쓰던 장비를 사용하면 됐지만, 티그림 숲은 아직 개척되지 않은 땅이었기에 예방접종이 필요했다.

그 외에도 혹시 몬스터나 강도를 만났을 때를 대비해 무기 및 방어구도 필요했고 말이다.

"그럼 출발은 모레로 잡고, 내일은 예방 접종이랑 장비 구해야 하니까 서구 역에서 보자고."

13화. 만드라고라의 용도

서구.

개척 초기에 지어진 동구와 달리 상대적으로 늦게 개발되어 서울처럼 깔끔한 외관이었다.

땅이 넓은 만큼 위로 높게 솟은 빌딩은 적었지만, 그래도 동구에 비해선 스카이라인이 엄청나게 높았다.

지훈은 약속시간보다 일찍 도착해 각성자 등록 먼저 했다.

등록은 한국 각성자 연합에서 했는데, 과연 신시대의 귀족이라 불리는 각성자를 위한 건물답게 엄청나게 웅장했다.

"검사부터 하겠습니다. 마법이랑 기계 어느 쪽으로 하시겠습니까?"

기능 차이는 없었다.

단지 가격과 절차가 약간 다를 뿐이었다.

혹자는 마법으로 검사를 할 경우 낮은 확률로 마력 능력이 개방될지도 모른다는 헛소리를 늘어놓기도 했으나, 말 그대로 헛소리였다.

"기계로 합시다. 그 쪽이 더 싸네."

"우측에 보이시는 검사실로 가시면 됩니다."

검사실은 마치 회사 보건소 같은 느낌이 드는 곳이었다.

과거엔 CT까지 찍어야 할 정도로 복잡한 절차가 있었으나, 이젠 기술의 발달로 인해 별다른 조취 없이 확인할 수 있었기 때문이었다.

의사로 보이는 남자가 지훈에게 물약을 건넸다.

"마력 알러지 있나요?"

"그게 뭐요?"

"별 거 아닙니다. 그냥 절차상 묻는 거니까 신경 쓰지 마시고, 쭉 원샷 하세요."

물약을 쭉 들이켰다.

콧물 맛이 났다.

– 상황 분석.

– 음용을 통한 미약한 변이계 마나 주입 감지.

– 저항할까요?

그러고 보면 저번에 아쵸푸므자를 만났을 때도 비슷한

말을 들었던 적이 있었다.

'아니, 하지 마. 근데 저항은 또 뭐야?'

반지의 설명에 따르면 각성 제어 기능 외에도 사용자의 편의를 위한 몇몇 기능이 있다고 했다. 그 중 하나가 마법 저항으로 수준 낮은 마법은 저항할 수 있었다.

마법저항 아티펙트.

실제로 구입하려면 수천만 원은 호가하는 물건이었다.

'이거 엄청난 물건이구만.'

"검사 하겠습니다. 가만히 계시면 됩니다."

앉아있으니 의사가 리더기같은 물건으로 지훈을 위 아래로 훑었다. 그 모습이 꼭 바코드를 찍는 것 같아 기분이 묘했다.

삐- 삑.

의사는 감지기에 적힌 정보를 쳐다보다 살짝 얼굴을 찌푸렸다.

"고장 났나?"

짜증스런 손길이 감지기를 퍽퍽 때렸다.

"다시 한 번 해볼게요."

삐- 삑.

"이상하네… 이거 이런 수치가 나올 리가 없는데."

몇 번이나 반복해도 결과는 똑같았다.

"잠시 보실래요?"

의사가 지훈에게 감지기를 건네줬다.

"그거 보사(BOSA)에서 만든 각성자 능력 감지깁니다. 근데 보니까 딴 건 다 괜찮은데 잠재 등급이 이상하게 오류가 뜨네요."

[정보]
등급 : E 등급
근력 : E 등급
민첩 : E 등급
저항 : F 등급
마력 : F 등급
잠재 : 오류
이능 : 없음

감지기에는 반지와 달리 개괄적인 능력치만 나타나 있었다. 덤으로 이블 포인트도 없었고 말이다.

"이거 뭡니까? 등급만 나오고 실 능력치는 안 나오네?"

"농담도 참. 사람이 어떻게 능력치를 봅니까? 티어야 CT 찍어서 정밀검사 때리면 알지만, 능력치는 뭔 짓거리를 해도 못 봐요."

그럼 도대체 반지를 통해 본 건 뭐란 말인가?

다시 한 번 감탄했다.

"어쨌든. 잠재는 별로 중요한 것도 아니니까 그냥 E등급으로 넣겠습니다. 괜찮죠?"

어차피 서류에 E등급이라 적힌다고, 실제로 S등급인 게 떨어지진 않았기에 그냥 그러라고 했다.

의사는 감지기 내용을 그대로 옮긴 종이를 인쇄해 줬다.

“그거 들고 처음 오셨던 곳으로 가시면 됩니다.”

“각성 축하드립니다, 즐거운 헌팅 되세요.”

직원이 웃으며 각성자 자격증을 건네줬다.

휘황찬란할 거라 예상했던 것과 달리 주민등록증과 별다를 바 없는 모습이 살짝 김이 샜다.

‘자 그럼 이제 약속장소로 돌아가 볼까.’

나가는 길에 아이덴티티측 헤드헌터로 보이는 사람이 다가와서 마도학자 혹은 현장 연구원이 될 생각 없냐고 물었지만, 무시했다.

‘어차피 전과 때문에 하지도 못한다.’

약속 장소에 도착하자, 조금 이른 시간임에도 불구하고 칼콘과 민우가 도착해 있었다.

서구에 나온다고 둘 다 옷에 힘을 준 상태였다.

특히 칼콘이 압권이었는데, 쫙 달라붙는 나시에 스키니진을 입고 있었다. 특히 사타구니에 툭 튀어나온 중앙이 압권이었다.

‘저 놈은 뭔 고간에 미사일을 달고 있어!’

저번에 사우나에서 봤음에도, 볼 때 마다 감탄할 수밖에 없는 사이즈였다.

뭐 어쨌든 감탄은 감탄이고, 쪽은 쪽이었다.

"미친놈아, 그 체격에 뭔 스키니진을 입어!"

"보니까 인간들 다 이렇게 입던데, 뭐가 문제야?"

그거야 얄상한 남자들이나 입는 거지, 말근육 말벅지의 거구는 예외였다.

"집에서 나올 때 주변 사람들이 안 쳐다보든?"

"엄청나게 쳐다봤지."

"왜 그랬을 것 같냐."

"내가 너무 잘생겨서?"

"나가 죽어라, 새끼야. 죽어."

지나가던 사람들이 칼콘의 우람한 실루엣을 보고 '우어~' 하며 지나갔다.

당장 칼콘을 돌려보내고 싶어지는 순간이었다.

예방 접종은 가까운 병원에서 했다.

가볍게 물약 하나와 주사 한 방으로 끝났다.

꽤 비싼 가격에 칼콘이 투덜거렸으나, 앞으로 헌팅 자주 다닐 거라는 말에 입을 다물었다.

"넌 안하냐?"

"이미 해서 괜찮아요."

몇 번 다녀봤을 테니 어찌 보면 당연한 얘기였다.

다음으론 쇼핑을 위해 아티펙트 거래소에 들어갔다.

칼콘은 자기가 이런 곳에 올 줄은 상상도 못했는지, 마치 읍내 처음 놀러 온 아이마냥 눈을 빛냈다.

"그럼 필요한 물건이나 사러 가 볼까."

현재 예산은 1700만원.

굉장히 빠듯했지만 그래도 목숨을 구해줄 지 모르는 장비였기에 아끼지 않고 쓸 예정이었다.

현재 수중에 있는 아티펙트는 3개.

중배 일행이 쓰던 나이프였는데, 아마 F급으로 보였다.

'일단 이 세 자루는 전부 나눠주자.'

암시장에 내다 팔아도 한 자루에 300은 그냥 나가는 물건이었으나, 일행에게도 무기가 필요했다.

특히 근접전을 선호하는 칼콘에게 있어 아티펙트는 필수였고, 만약에라도 관통상에 저항이 있는 적을 만났을 경우도 대비해야 했다.

만난 지 얼마 안 된 민우에게도 한 자루 주는 건 아깝긴 했으나, 그래도 이동 중 안내역이 죽어버리면 곤란했기에 어쩔 수 없었다.

제일 급한 건 방어구였다.

중배 일행이 쓰던 방탄복이 있었으나 케블라로 만들어진 거라 아티펙트에 그냥 관통됐다.

게다가 마력 부여가 됐거나 신금속으로 만들어진 탄환을 쓰는 상대가 있다면 안 입느니만 못한 애물단지로 전락할 가능성도 있었다.

"얼맙니까?"

지훈은 그나마 싸 보이는 조끼형 방어구를 물어봤다.

"요즘 세일해서 1993만원에 드리고 있습니다. 요즘 헌팅 나갈거면 이만한 제품이 없죠, 가벼우니까요!"

무게부터 시작해서 총알은 그냥 막는다느니, 온갖 설명이 이어졌지만 바로 고개를 돌렸다.

너무 비쌌기 때문이었다.

'환장하네.'

여섯 명이나 되는 팀을 이끌던 중배도 아티펙트 방어구를 입지 못했던 이유를 알 수 있는 대목이었다.

결국 어쩔 수 없이 방어구는 포기하고 무기 쪽으로 갔다.

"아티펙트도 뚫는 탄환이 있습니다! 마력 탄환도 취급해요!"

마력 탄환이라는 말에 귀가 솔깃했다.

"어서오십쇼! 뭘 찾으십니까?"

"가격 좀 알아보려고 하는데."

주인은 신이 난듯 이것저것 알려줬다.

기본적으로 금속 재질에 따라 다르지만, 제일 싼 탄환은 F등급 방어구까지 관통하는 오스테나이트 탄환이었다.

강도가 굉장히 높아 관통력은 높았으나, 탄성이 약해 쉽게 깨지는 탄이었다.

반면 마력 탄환은 가격이 엄청났다.

마력이 통하는 금속으로 만들었음은 물론, 마법공정까지 거치니 가격이 천정부지였다. 폭발, 산성, 관통 탄환 등 매력적인 건 많았으니 역시 이 쪽도 가격이 문제였다.

“9mm 오스테나이트 탄으로 박스 하나 주쇼. 그리고 폭발 탄환은 15발.”

카운터 위로 탄환들이 올라왔다.

오스테나이트(OTN)탄은 붉은 색 박스에 담겨있는 게 여타 다른 탄환들과 비슷해 보였다. 반면 마력 탄환은 총알 주변에 이상한 글자들이 빼곡히 적혀 있었다.

조심하라는 충고대로 탄환을 조심스럽게 예비 탄창에 집어넣었다.

그 외에 뭘 살까 감이 오지 않아 고민하자, 민우가 슬쩍 끼어들어 화염 방사기가 있으면 좋을 것 같다고 귀띔을 했다.

“아냐, 저건 너무 무거워. 연료 값 감당하기도 힘들고.”

총기 역시 딱히 구입할 건 없었다.

총 쪽 아티펙트라고 하면 일반 탄환에 마력을 부여할 수 있는 총기가 몇 있긴 했지만… 그런 물건은 서울 전세보다도 비싼 가격이다.

괜히 마력탄만 따로 빼서 파는 게 아니었다.

‘어차피 MP5있으니까 총은 따로 필요 없겠네.’

쇼핑을 끝내고 나가려니 칼콘이 소매를 잡았다.

“왜.”

“저거 살까.”

시선을 물건에 고정하고 말하는 모습이, 장난감에 매료된 소년 같아 보였다.

‘뭐 길래 또 저래.’

보충제 같은 물건도 파나 싶어 슬쩍 고개를 돌리니 방패가 보였다. 헌팅용인지 스위치 하나로 펴졌다 접혔다 할 수 있는 편리해 보이는 물건이었다.

"저번에 석중네 방패 들어보니까 정말 좋더라고. 저거 사자."

혹한 모습이 기회라고 생각했는지, 주인이 바로 끼어들어 설명을 시작했다. 대강 요약하자면 F급 아티펙트로, 높은 충격 흡수력을 가진 제품이란 내용이었다.

"네 돈이니까 맘대로 해."

"그래!"

허락이 떨어지자마자 칼콘이 바로 가격을 물었다.

"1600 이지 말입니다."

칼콘이 가진 돈보다 오백만 원 정도 비싼가격이었다.

그냥 포기하라고 말하고 싶었으나, 고양이마냥 눈을 빛내는 모습에 어쩔 수 없이 돈을 빌려줬다.

"너 저번에 받은 정산금 어쨌어?"

"고기 먹은 거 외상 값 줬지?"

"또라이 새끼. 이번 일 끝내고 네 몫에서 뗄 거야."

"그래, 그래. 괜찮아."

칼콘은 방패가 마음에 드는지 흡족한 얼굴을 했다.

쇼핑을 끝낸 뒤 거래소 밖.

셋은 내일 만날 약속을 하곤 헤어졌다.

14화. 헌팅 밑준비

NEO MODERN FANTASY STORY

대망의 헌팅 당일!

지현의 안부를 뒤로하고, 늠름한 걸음으로 동구 복합 터미널로 향했다.

"오셨어요?"

"지훈 왔어?"

먼저 도착해 있던 둘이 각자의 방식으로 인사했다.

민우는 고개를 푹 숙였고, 칼콘을 양 손을 크게 흔들었다.

다행히 오늘은 칼콘이 헌팅을 나가기 위한 갑옷을 입고 왔기에 우람한 토마호크는 보이질 않았다.

"버스 예매 했냐?"

"예, 15분 남았습니다."

"그럼 각자 볼 일 보고 버스에서 타자. 근데 뭐로 했냐?"

"우등으로 했…는데, 좀 더 싼 걸로 바꿀까요?"

아차 싶었는지 말을 더듬는 민우였다.

"뭘 또 바꿔. 잘 했어. 이게 마지막으로 타는 버스일지도 모르는데 최대한 편하게 가야지"

지훈은 둘을 내버려 두곤 터미널 한 편에 있는 핸드폰 대리점으로 향했다.

"어서옵쇼!"

"선불폰. 구조 요청용이라 10분만 있으면 된다."

"헌터 분이시구나~ 요즘 잘 나가는 핸드폰 있는데, 이거 어떠세요."

폰팔이는 한탕 해보려고 마음먹었는지 최신 스마트폰을 보여줬다.

"구조용 선불…."

"요즘에 핸드폰들 구조 요청 잘 됩니다~ 여기저기서 잘 터져요!"

남은 시간이 15분밖에 없는데 직원이 어물쩍거리자 살짝 짜증이 났다.

"귀에 핸드폰 처박았냐. 구조대 호출용 선불폰 달라고."

"아~ 구조대 호출용 선불폰 찾으시구나! 알겠습니다."

많이들 쓰는 스마트폰이 아닌 피처폰이 튀어나왔다.

"노기아꺼라 단단해요. 통화도 잘 되고요."

"얼마?"

"백에 드릴게요."

마력 충전이 되어있기 때문인지 가격이 상상을 초월했다.

"카드 말고 현찰 때릴 건데 디씨되냐?"

구십만 원에 핸드폰을 구매하고 바로 버스로 향했다.

지구에서 보던 것과 비슷한 모델이었지만, 다른 점이 몇 가지 있었다.

바로 혹시 모를 사고에 대비해 장갑이 붙어있다는 것과, 앞좌석에 기관총 사수 자리가 따로 마련되어 있다는 거였다.

과거 개척시대 초기엔 몬스터 외에도 이웃 개척지와의 국지전이 자주 발생했기에 해둔 조치였다.

현재에 와선 도로가 잘 정비되어 있어서 습격을 당할 일은 없었지만, 일일이 해제하기엔 예산이 많이 들어 그대로 두고 있는 실정이었다.

"총기 가지고 계시네요. 허가증 보여주십쇼."

"이거 그냥 친구 꺼 들어주는 거라니까?"

"허가증 없으면 못 탑니다."

버스 앞에선 칼콘과 민우가 곤란한 표정을 짓고 있었다.

"뭔 일이오?"

"일행 분 되십니까?"

"그런데?"

"총기를 소지하고 계시더군요. 본인 말로는 대신 들어주고 있다고 했습니다만."

"무거워서 잠시 들어달라고 했는데, 문제라도?"

경찰은 담담한 표정으로 허가증을 요구했기에, 각성자 자격증을 보여줬다.

"문제없습니다만… 근데 지금 본인 총 두 개나 들고 계시네요?"

맞는 말이었다.

지훈은 현재 허리춤에 글록, 어깨엔 MP5를 매고 있었다.

"그게 또 뭐 문제라고 그러오?"

"혼자서 총을 4자루나 쓰시게요?"

"그냥 적당히 하고 갑시다. 거리에서 총질해도 아무 말 없던 양반들이, 왜 오늘 갑자기 단속 나와서 이러는 건데?"

"선생님, 진정하십시오."

"전부 다 내가 쓸거요. 됐소?"

보통 이쯤하면 못이기는 척 물러섰으나, 이번엔 아니었다. 경찰은 여전히 수상쩍다는 듯 계속해서 질문 공세를 해왔다.

"허가증 없이 총을 들고 다니시는 건 불법이지 말입니다?"

"야! 칼콘, 우민우. 이리와 봐."

지훈은 쪼르르 달려온 둘에게서 총을 빼앗아 들었다.

"자. 됐지?"

"저기…."

더 이상 대화했다간 버스를 놓칠지도 몰랐다.

'반지. 여기서 뇌물 주면 이블포인트 오르냐?'

– 아닙니다. 뇌물수수는 본디 악한 행동이지만, 지금과 같은 경범죄 및 동기에 악의가 없을 경우는 제외됩니다.

결재 떨어졌기에 바로 경찰의 말을 확 끊어버리곤 손에 돈을 쥐어줬다.

"거 게임에서도 그러잖소. 사람은 하루에도 천 가지가 넘는 걸 잊어버린다고. 그러니까 이거 하나 더 잊는다고 해서 달라지는 건 없을 거요."

"이러면 안 됩…."

"나 바쁘니까 비키쇼. 그 쪽 맘 충분히 알았으니까, 이제 딴 사람 잡고 얘기해."

지훈은 경찰을 휙 밀쳐버리곤 바로 버스에 올라타 버렸다.

부웅!

버스가 출발하자마자 지훈은 바로 들고 있던 총들을 민우와 칼콘에게 돌려줬다.

"새끼들아. 좀 잘 하자, 응?"

"미안. 총 들고 버스 타는 건 처음이라 그랬어."

"죄송합니다. 저도 항상 개인 차량만 타고 이동해서…."

"됐어. 티그림 도착하면 바로 차 렌트해서 이동해야 하니까 잠들 자 둬."

버스 좌석에 몸을 뉘이자 푹신함과 함께 작은 진동이 느껴졌다. 생각보다 편안했기에 평소라면 바로 잠들었겠지만, 처음으로 나가는 헌팅이다 보니 긴장 때문에 잠이 오질 않았다.

'장비나 정검해 볼까.'

[장비]

[지훈의 장비]

무기.

과도 모양을 한 투박한 단검 (F급 아티펙트)

글록 19 1정 (마력 탄환 15발 장전. 소음기, 전등 부착)

MP 5 1정 (OTN탄 150발, 조준경, 소염기, 부착)

방어구.

케블라 방탄복 (일반 물품)

전투용 워커 (일반 물품)

철판을 덧댄 팔뚝 보호대 (일반 물품)

1세대 나이트 비전 (칼콘 물건 대여, 일반 물품)

기타.
무전기
구조대 호출용 휴대전화

[칼콘의 장비]
무기.
슬렛지 해머
전투용 단검 (F급 아티펙트)
MP5 1정 (OTN탄 90발)

방어구.
사슬 갑옷 (일반 물품)
녹이 슨 철제 투구 (일반 물품)
가시 달린 그리브와 뾰족한 강철 신발 (일반 물품)
접이식 방패 (중간 크기, F급 아티펙트)

기타.
무전기
전등

[민우의 장비]
무기.
단검 (대여, F급 아티펙트)

MP5 1정 (대여, OTN탄 60발)

방어구.

보호경 (일반 물품)

운동복 (일반 물품)

운동화 (일반 물품)

기타.

전등.

지훈은 일반적은 헌터 같은 차림새였고, 칼콘은 과거 종족전쟁 당시 썼던 무구를 그대로 입었기에 중세시대 야만전사 같아 보였으며, 민우는 그냥 총 든 대학생으로밖에 보이질 않았다.

'일반적인 몬스터는 괜찮겠지만, 강도를 만난다면 제일 먼저 죽을 것 같은데….'

될 수 있으면 민우에게도 방탄복을 입히고 싶었으나 그럴 수 없었다. 무거운 옷을 입고 조금만 달려도 무릎에 무리가 왔기 때문이었다.

이에 지훈이 우려를 표하자, 민우는…

- 걱정 마세요, 헌팅 나갈 때 항상 이렇게 나갔어요.

'그건 5명이서 사주경계 하며 이동할 때나 가능한 애기고 이 답답한 양반아….'

군대도 다녀오지 않은 애송이였기에 별 기대도 하지 않았다. 단지 죽지만 말았으면 하는 마음이 제일 컸다.

그렇기에 지훈은 만약 강도 혹은 원거리 공격이 가능한 적을 만날 경우 일단 바닥에 엎드리라고 지시했다.

'뭐 어떻게든 되겠지. 일단 잠이나 자자.'

눈을 감자 잠시 뭔가 끊기는 느낌이 나는 가 싶더니, 칼콘의 목소리가 들려왔다.

"도착했어. 일어나."

티그림은 굉장히 독특한 도시였다.

크기는 한국의 지방 소도시 정도밖에 되질 않았지만, 중요한 건 티그림의 주인의 엘프였다는 사실이었다.

'이게 뭔….'

제일 먼저 눈에 들어온 건 건축 양식이었다.

철과 시멘트를 주재료로 쓰는 인간과 달리, 엘프들은 나무와 식물을 주 재료로 썼다.

갈색과 초록 천지인 게 꼭 숲 속 한가운데에 있기라도 한 것 같은 착각을 불러 일으켰다.

"입국 절차 시작하겠습니다."

버스에서 내리자 직원으로 보이는 엘프 두 명이 다가왔다. 초록색 티를 입고 있었는데, 재질이 나뭇잎인 듯 굉장히 오돌토돌했다.

엘프들은 차례로 승객들에게 이상한 마법을 시전 했다.

"Isikukood, võrreldes. (개인 식별, 비교)."

전자 기기보단 마법에 더 친숙한 종족답게 행정에도 마법을 사용하는 모습이 퍽 인상적이었다.

'귀한 마법사를 뭔 공무원으로 써.'

차례가 지나고, 지훈 앞에 엘프가 다가와 마법을 시전했다.

– 알 수 없는 마법입니다. 저항할까요?

'내버려 둬.'

– 사용자님의 마력 능력 가늠 중.

– 식별 가능한 마법입니다. 식별할까요?

이건 또 무슨 말인가 싶어 해보라고 답했다.

방금 사용한 마법은 범죄 경력 조회였다. 개인 식별 마법을 사용한 뒤, 그 정보를 다른 데이터베이스와 비교한 것.

"입국을 환영합니다. 대지의 품에서 편안한 안식되시길."

별 문제 없이 넘어간 지훈과 달리, 칼콘 앞에서 덜컥 걸려버렸다. 인간이야 종족 동맹이 체결돼 있으니 괜찮지만, 오크와 엘프는 서로 앙숙 사이였던 것.

서로 으르렁 거리고 있는 모습이 금방이라도 무력 다툼으로 번질 것 같았기에 지훈이 바로 끼어들었다.

"이거 내 노예야. 내 소유물이라고. 물건도 입국 심사를 받아야 하나?"

다행히 거짓말이 먹혔는지 엘프들이 살짝 뒤로 물러났다.

비록 엘프 법전에도 노예는 불법이었으나, 타 종족 문제까지 신경 쓰고 싶지 않았던 것이다.

아무래도 종족이 다른 만큼 자칫 잘못하면 정치, 외교 문제로도 번질 수 있었기에 다들 조심하는 편이었다.

입국을 완료한 뒤 다음 목적지로 이동하는 와중에 슬쩍 칼콘에게 말을 걸어봤다.

"그냥 넘어가려고 한 말 인거 알지?"

"응, 알아. 그리고 난 너한테 목숨을 빚졌으니까 갚을 때까지 노예가 되 줄 수 있어."

"그럴 필요까진 없어. 불편해."

셋은 바로 SUV 한 대를 렌트해 티그림 숲으로 향했다. 거기까지 가는 교통편도 없거니와, 헌팅을 끝내고 획득물을 옮길 차량도 필요했기 때문이었다.

헌팅용 렌트는 위험도 굉장히 높아 가격도 만만치 않았다.

이번 헌팅이 실패하면 손해가 막심하다고 생각하니, 슬쩍 긴장됐다.

"얼마나 남았어?"

"이제 조금만 더 가면 됩니다. 앞에 숲 보이세요?"

지평선 따라 늘어진 하늘 사이에 초록색 덩어리가 보였다.

멀리서 봤을 때는 작아 보였던 숲이었는데, 정작 가까이 다가가니 그 높이가 상상을 초월했다.

'뭐 저렇게 높아?'

어렸을 적 TV에서나 봤을 법할 정도로 엄청났다. 한국에서 봤던 숲과 나무랑은 비교도 할 수 없을 정도였다.

신의 권능을 시기하도 한 양 구름을 뚫을 듯 높게 뻗은 나무들이 마치 신전의 기둥들처럼 무질서하게 박혀있었고, 바닥에는 언제 떨어졌는지 모를 낙엽과 이끼밖에 보이질 않았다.

"미친놈아, 이렇게 클 거란 얘기는 안했잖아!"

"원시림이라 원래 좀 커요."

이게 조금 큰 정도라면 그냥 큰 숲은 얼마나 거대할까?

지금도 이미 숲 내부는 햇빛이 들지 않아 밤처럼 깜깜했다.

그림자로 만들어진 경계가 마치 들어가면 위험한 곳이라는 걸 알려주는 것 같았다.

저벅, 저벅, 저벅.

숲에 들어갈수록 굉장히 어두워 졌기에 일행은 바로 전등을 켰다.

"칼콘, 뭐 해? 배터리 없어?"

"난 다 보여."

야행성 종족인 오크인지라 밤눈이 밝은 까닭이었다.

하지만 그렇다고 칼콘이 전등을 켜지 않으면 나머지 둘이 보이지 않았기에, 지훈은 켜라고 귀뜸해줬다.

지훈도 이제부턴 앞이 잘 보이지 않았기에 바로 나이트비전을 작동했다.

삐이- 삑!

기계음과 함께 눈 앞에 초록빛으로 물들었다.

어두웠을 땐 마치 공포영화에나 나올 법 한 광경이었으나, 앞이 다 보이자 의외로 별 거 없었다.

'그냥 평지에 나무만 잔뜩 있네. 별로 위험할 것도 없겠는데?'

나무가 너무 커서 햇빛을 전부 가려버리니 작은 식물들이 자랄 수 없었고, 그 말은 생태계 자체가 비틀어질 수 밖에 없다는 게 됐다.

정강이 높이까지 오는 낙엽을 쓸어내며 걷길 잠시.

부스럭!

우측에서 뭔가 움직이는 소리가 났다.

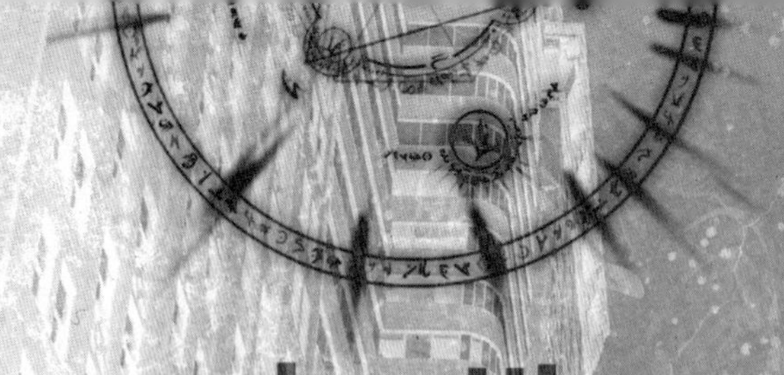

권능의 반지

15화. 왜 오늘 갑자기 단속 나와서 이러는 건데?

칼콘과 민우의 전등이 동시에 휙 돌아갔다.

"끄르르!"

그곳엔 오소리가 한 마리 있었는데 크기가 호랑이만큼 거대했다.

뿐만 아니라 가죽에 시멘트 같은 비늘이 드문드문 돋아 있는 모습이 마치 갑옷처럼 단단해 보였다.

"다이어 배져?"

"쏘지 마세요! 온순한 동물입니다! 아마 자기 구역을 침범 당했다고 생각해서 위협을 하러 온 것 같습니다!"

고로로룩, 호로로룩.

민우는 입으로 떠는 소리를 내며 뒷걸음질 쳤다. 그러자 다이어 배져는 잠시 지켜보는 듯 하더니 금세 사라져 버렸다.

"저거 고기 맛있는데. 그냥 잡지 그랬어?"

"너무 위험해요. 그리고 잡는다고 해도 무게 대비 가격도 별로구요."

가죽은 갑옷을 만드는 재료로 쓸 순 있었으나, 다른 금속 외에도 아티펙트가 많았기에 그렇게 매력적이진 않았다.

이동을 재개했다.

부스럭 거리는 소리와 민우의 거친 숨소리밖에 들리질 않았다.

"뭐야… 여기 누가 먼저 지나갔나본데?"

일행 앞에 누군가 지나간 길이 나타났다.

"자국으로 봐선 사람이 확실하네요. 이상하네, 바람 때문에 하루만 지나도 다 없어질 텐데."

경쟁자일 가능성이 제일 높았다.

"여기 만드라고라 말고 다른 헌팅 재료가 뭐 있지?"

"약으로 쓸 수 있는 이끼랑 몇몇 야생짐승이 다에요."

"그럼 만드라고라 정보 아는 다른 사람은?"

뭔가 구린 냄새가 났다.

아무리 지금 민우가 같이 있다고 한들, 배신 여부를 배제할 순 없었다.

만드라고라를 미끼로 함정을 파놨을 수도 있었다.

"기다려 봐. 표시 좀 하자."

지훈은 가까운 나무 주변 낙엽을 원형 형태로 치운 후, 칼로 나무에 큰 X자 표시를 했다.

"만드라고라 까지 거리는?"

"대충 10분 정도만 더 걸어가면 될 것 같아요."

"그럼 추적 먼저 한다."

최대한 경계하며 흔적을 따라 걸었다.

언제라도 습격당할 수 있었기에 전등은 모두 껐고, 민우는 중간에 껴서 지훈의 어깨만 잡고 쫓아왔다.

경계하며 걷느라 힘들었던 시간이 약 30분.

뭔가 이상한 점을 발견할 수 있었다.

"이게 뭐야?"

나무에 큰 X자 표시가 보였다. 추적하기 전에 표시했던 흔적이 있던 장소로 돌아온 거였다.

어이가 없었다.

있던 길 그대로 쭉 따라왔을 뿐인데 왜 같은 장소에 도착한단 말인가?

"지훈, 제대로 보고 걸은 거 맞아?"

"일방향이었다. 샛길 없었어."

"나이트 비전 때문에 눈 아파서 잘 못 봤겠지. 내가 선두에 설 게."

칼콘은 우습다는 듯 선두에 서서 방패로 경계하며 성큼성큼 걸어 나갔다.

"이런… 젠장!"

몇 번이나 반복했는지 기억도 나질 않았다.

적어도 네 번 이상. 같은 장소를 빙빙 돌고 있었다.

마치 귀신에 홀린 기분이었다.

"너, 이 새끼. 장난질 쳤냐?"

민우의 어깨를 잡고 으르렁거렸다.

"아, 아닙니다. 제가 왜 이런 짓을 하겠습니까!"

"그럼 이거 뭔데!"

상식으로 이해할 수 없는 일이 펼쳐지면 제일 먼저 고개를 들이 미는 게 바로 의심이었다.

멱살을 잡아 바닥에 패대기치려는 순간…

"카크라. 왜 여기에!?"

칼콘이 정신 나간 사람처럼 소리를 질렀다.

"이봐 칼콘, 카크라라니?"

듣지 못한 건지, 대답할 경황이 없었는지는 몰랐다.

"그 칼 내려놔! 내, 내가 그리로 갈께! 그러지 마!"

버석, 버석, 버석, 버석!

칼콘이 이상한 방향으로 전력질주하기 시작했다.

말려도 소용없었다.

녀석은 마치 황소처럼 달려 금세 사라져 버렸다.

둘 만 있었다면 끝까지 쫓아갔겠지만, 지금은 짐이 붙은 상태. 쫓아갔다간 민우가 뒤쳐질 게 뻔했다.

'도대체 뭘 보고 저런 거지?'

칼콘이 달려가는 쪽을 유심히 살폈지만 아무것도 보이질

않았다.

"이 개새끼야! 너 진짜 아무것도 안했어!?"

동기는 충분했다. 안락한 직장을 뺏고, 동료를 죽였으며, 본인의 생명까지 위협했다.

민우의 머리에 총을 들이밀었다.

"안했습니다! 두 분 죽으면 저도 살아서 못 나간다고요!"

"그럼 저 새끼 왜 저래, 설명해봐!"

"처음 숲에 들어오면 정신 이상을 일으키는 사람이 있기도 합…."

퍽!

되도 않는 소리에 민우의 가슴을 때렸다.

"억!"

"세드 출신이 숲에 처음 와봤겠냐?"

혹시 모를 기습에 대비해 한 바퀴 돌아봤지만, 아무것도 보이질 않았다. 단지 시야 아래 뭔가 걸려서 내려보니, 개미가 드글거렸을 뿐이었다.

'개미가 뭐 이렇게 많아, 젠장!'

짜증을 담아 개미 무리를 짓밟았다.

퍼석!

"저, 정말 저도 잘 모르겠습니다. 하지만 뭔가 이상해요. 잘못됐다고요."

"누구나 다 아는 소리 하지 말고, 빨리 해결책을 찾아봐!"

"도망가죠. 버리고 가면 목숨은 건질 수 있을 겁니다."

"이 새끼가 진짜!"

동료를 버리자는 말에 화가 터졌지만, 때리진 않았다.

사이가 틀어지거나 부상의 위험이 있기 때문이었다.

"일단 칼콘부터 찾고 나서 생각한다."

"둘 다 죽어요! 미친 짓이라고요!"

"네가 저랬어도 구하러 갔을 거다. 닥치고 따라와."

불만이 가득해 보였지만, 어차피 혼자 나갈 수도 없었기에 민우는 군 말 없이 쫓아왔다.

"젠장. 개미가 왜 이렇게 많아요?"

"나도 몰라. 동물은 하나도 없는데 개미만 잔뜩 있다."

경계하며 칼콘의 흔적을 따라가다 보니, 문득 가벼운 현기증이 났다.

마치 세상이 빠르게 한 바퀴 돈 것 같은 착각.

허리를 숙이고 숨을 몰아쉬었다.

"아… 잠깐, 잠깐만. 민우야, 쉬었다 가자."

"응, 오빠."

"개소리 집어 치워. 오빠라니… 어?"

등 뒤에는 민우가 아닌 지현이 서있었다.

그 뿐만이 아니었다.

나무와 낙엽밖에 보이던 어두운 숲은 온데간데없고, 작은 공원이 죽 펼쳐졌다.

"동생한테 무슨 말을 그렇게 해?"

"아, 아니 그게 아니고…."

어지러웠다.

호접지몽이 이러할까?

나비가 내 꿈을 꾼 건지, 내가 나비 꿈을 꾼 건지 알 수 없었다. 꼭 백일몽에 휩쓸린 것 마냥 모든 게 모호해졌다.

“어디 아파? 5분 전부터 계속 멍 하니 서있기만 하고….”

“5분이나 됐다고? 그것보다 여긴 또 어디야?”

“아 계속 이상한 소리만 하네. 오래간만에 같이 바람 쐬러 왔잖아. 자꾸 그러면 나 그냥 집에 간다?”

마치 진짜마냥, 지현이 볼을 크게 부풀렸다.

진짜마냥?

알 수 없었다.

다시 한 번 가벼운 현기증과 함께 구토감이 느껴졌다.

허리를 슬쩍 숙이니 평소에 즐겨 입던 가죽재킷이 보였다.

‘나 분명 무장하고 있지 않았나…?’

맞다.

무장하고 있었다.

하지만 그나마도 현기증에 몇 번 더 시달리자 잊어버렸다.

‘모르겠다. 일단은 쉬고싶다.’

뭔가 놓치고 있는 것 같은 기분이 들었지만, 두통이 심해서 신경 쓸 수 없었다.

가까운 벤치에 앉는다.

'벤치? 어떻게 벤치가 있지? 여긴 숲이잖아.'

숨을 돌린다.

'숲에 벤치가 있으면 왜 안돼지?'

좀 괜찮아 졌다.

'그래. 있을 수도 있지. 아무렴 어때.'

"근데 너 꽤 괜찮아 보인다. 안 아파?"

"무슨 소리야. 아프다니?"

"병 걸렸잖아."

퍽!

농담하지 말라는 듯, 지현이 픽 웃으며 어깨를 두들겼다.

실제로 지현의 안색도 굉장히 좋아 보였다. 그 뿐만이 아니라 얼굴도 앳된 것이 굉장히 어려 보였다.

꼭 고등학생처럼.

"야… 지금 몇 년도냐?"

"뭘 또 물어봐. 오빠 오늘 진짜 이상하다. 핸드폰 봐."

핸드폰.

세드로 넘어오며 쓸 일이 없어져 팔아버린 물건. 하지만 공교롭게도 지훈의 주머니엔 스마트폰이 들어 있었다.

그 뿐만이 아니었다.

핸드폰 액정엔 10년 전 오늘이 찍혀 있었다.

'이게 뭔….'

모든 게 10년 전과 똑같았다.

여동생, 집, 서울, 부모님, 학교.

지훈은 말문이 막혔다.

"어, 어머니. 아버지…."

"얘가 갑자기 왜… 너 어디 아프니?

몬스터 아웃브레이크와 함께 사망한 부모를 다시 보니 눈물이 왈칵 쏟아져 내렸다.

가족은 지훈을 걱정하기도, 놀리기도 했지만 상관없었다.

죽은 가족을 다시 한 번 봤다는 것. 그 외에 모든 것들은 신경 쓰고 싶지 않았다.

"어머니, 아버지. 이상한 꿈을 꿨습니다."

몬스터 아웃 브레이크.

부모의 사망.

개척자로써 세드로 이동.

지현이 병에 걸린 것.

뒷골목을 전전하며 더러운 일을 한 것.

그리고 권능의 반지를 얻어 각성한 것 까지.

모조리 털어놓았다.

진지한 어투였으나, 가족들은 그저 웃음기 있는 얼굴로 지훈을 토닥거릴 뿐이었다.

"공부한다고 스트레스가 너무 심했나보구나. 보약이라도 해 줄까?"

"아뇨, 괜찮습니다. 지현이 먹이는 게 나을 것 같아요."

"꿈 때문에 그러니?"

"음… 사실 맞아요. 조금 걱정돼서요."

지현이 빵 터져서 낄낄거렸다.

"내가 병에 왜 걸려. 이렇게 건강한데?"

되도 않는 알통을 자랑하며 웃는 모습이 철없는 10대 소녀 그 이상 그 이하로도 보이질 않았다.

'다행이다… 모두 꿈이라서.'

기억을 훑으니 너무나도 짙은 현실감이 엄습했지만, 가족을 만났다는 안도감에 너무나도 쉽게 부정됐다.

자려고 눈을 감았지만, 왠지 잠이 오질 않았다.

뭔가 잊은 것 같았기 때문이었다.

'뭐지?'

침대에 앉아 생각하길 잠시.

지훈은 핸드폰을 열어 날짜를 확인했다.

5월 27일.

포탈이 열리기 하루 전 이었다.

불안감이 엄습했다.

포탈은 정확하게 5월 28일 새벽 4시에 열렸었다.

제 1차 몬스터 아웃브레이크라 칭하는 엄청난 사건이 벌어지고, 수없이 많은 사람이 죽는다.

이에 정부는 경찰과 군대를 차례로 파견해서 저지선을 구축, 방어에 성공한다.

이후 '방어에 성공했으니 국민들은 불안해하지 말고 경제활동에 힘쓸 것.' 이라는 방송이 흘렀으나…

남아있는 잔당들에 의해 저지선이 파훼되고, 동시에 몬스터 2차 브레이크가 터짐과 동시에 서울 강남구와 관악구가 쑥대밭이 됐다.

'부모님이 그 때 돌아가셨지.'

무슨 짓을 해서라도 막아야 했다.

'어떻게 하지. 도망쳐야 하나?'

제일 좋은 방법이었으나 설득할 방법이 없었다.

'꿈에서 있던 능력이라도 그래도 있었으면 좋았을 텐데… 정보! 라고 하면 떠오르던가?'

그 순간!

반지가 없음에도 눈앞에 정보가 떠올랐다.

[정보]

이름 : 김지훈

종족 : 인간

등급 : E 등급 5티어

근력 : E 등급 (15)

민첩 : E 등급 (13)

저항 : F 등급 (6)

마력 : F 등급 (7)

잠재 : S 등급 (?)

이능 : 감지 실패

[신체 변이]

– 약한 재생 : 신체 변이로 자연 재생력이 증가했습니다. 하지만 신진대사가 증가합니다.

– 화염 속성 : 혈액 안에 불 속성 마나가 흐르고 있습니다. 불에 대한 저항력이 증가하나, 냉기에 대한 저항력은 감소합니다.

[이능력]

없음.

'지, 진짜였다고? 그 꿈이?'

확인을 위해 구비해 놨던 악력기를 있는 힘껏 쥐어봤다.

끼이익– 깡!

악력기가 바이스에 끼기라도 한 양 너무나 쉽게 박살났다.

'꿈이 아니라… 과거로 돌아온 건가?'

더 확실한 증거가 필요했다.

실제로 포탈이 열린다는 증거가 말이다!

'만약 정말로 그렇게 된다면 가족을 대피시켜야 한다!'

그리고 그 다음엔?

헌팅?

그딴 짓 할 생각은 추호도 없었다.

알기에 몬스터 아웃브레이크 이후 최단기간에 세계 최고 기업으로 성장한 두 기업이 있었다.

'아이덴티티, 보사.'

아이덴티티는 유명한 식별 기업으로, 영국에 본사가 있었다. 처음엔 인간이 마법을 어떻게 쓰냐며 무시 받았지만, 첫 인간 마법사가 나옴과 동시에 주식이 천정부지로 상승했다.

보사는 유명한 헌팅 서포트 기업이었다. 헌터들이 능력치를 측정해 주는 기계를 발명한 것은 물론, 세드에 대한 지식백과를 만든 과학자 집단이었다.

만약 저 두 기업의 주식과, 지훈이 알고 있는 세드에 대한 지식 두 가지를 합친다면…?

'앉아서 떼돈을 벌 수 있다.'

지훈은 뜬눈으로 밤을 지새우며 새벽 4시까지 TV 앞에 앉아 있었다.

개그 프로에 웃기도 하고, 영화 감상도 하며 즐거운 시간을 보내기도 잠시.

TV 아랫부분에 속보가 떠올랐다.

– 속보! 강남대로에 정체불명의 균열 발생.

바로 채널을 돌리니 공중파 방송들이 모조리 균열에 대해 떠들고 있었다.

'똑같다!'

황홀함에 손끝이 저려왔다.

이제 더럽고 치사한 시궁창 인생은 모두 끝났다.

제 2의 인생을 살 때였다.

16화. 회귀

미래를 알고 있다는 건 참으로 행복한 일이었다.

게다가 각성자로서의 힘도 가지고 있으니 과연 대적할 자가 하나도 없었다.

너무나도 쉽게 가족을 구했으며,

너무나도 쉽게 부자가 됐다.

현재 지훈의 직책은 세계 가디언 협회의 이사장.

그가 알려준 정보를 통해 인류는 엄청난 발전을 했고, 지훈은 그에 걸맞는 명예와 권력을 얻었다.

마치 살아있는 전설이 이러할까?

이 세상에 지훈을 모르는 사람은 없었다.

“이번에 새로 발견된 몬스터에 관련 된 사안입니다. 결재 부탁드립니다.”

슥 훑어본 결과 아는 몬스터였다.

이에 바로 세계 각국의 과학자와 마법사 그리고 기술자들을 불러 모아놓고 프레젠테이션을 시작했다.

“저 몬스터의 이름은 자라탄. 엄청나게 큰 거북이로, 등껍질에 섬을 얹고 다닐 정도입니다. 게다가 그 섬에는 생태계까지 형성되어 있죠.”

자라탄은 미래에 미국이 딱 한번 퇴치한 적이 있었다.

본디 온순한 몬스터라 내버려 두면 위험이 되진 않았으나, 이동 경로에 미국의 자원채취 기지가 있었던 것.

이에 미국은 헌터들을 긁어모아 자라탄의 등에 있는 숨구멍을 모두 막아 죽였다.

“핵무기는 소용없습니다. 오염만 될 뿐입니다. 헌터들을 불러 모아 등에 있는 숨구멍을 막고, 올라올 때 마다 재차 공격하면 됩니다.”

“오오, 과연!”

세계 각국의 정상급 인물들이 기립박수를 쏟아냈다.

일반인이라면 평생 얼굴 한 번 볼 수 없는 거장들이었음에도, 지훈은 시크에서 돌아섰다.

동양에서 나타난 현자.

인류의 수호자.

전설. 정점.

이 외에도 지훈을 표현하는 단어는 끝이 없을 정도였다.

하지만 쉽게 얻은 것은 쉽게 간다고 했던가.

정점에 오르고 나니 모든 게 권태로웠다.

S+등급을 찍어 더 이상 오르지 않는 등급도,

항상 떠받들어주는 세계의 모든 사람들도,

변하지 않는 일상도.

모두.

'지루하다.'

최고급 의자에 몸을 뉘이자, 몸이 녹아내리는 것 같은 편안함이 느껴졌다.

'근데 내가 어쩌다 이렇게 됐더라?'

너무 오랜 시간이 지나서 잘 기억해 낼 수 없었다.

분명 숲까지 들어갔던 것은 기억이 났다.

'만약 내가 회귀를 하지 않았으면 어떻게 됐을까.'

흩어져서 시간의 먼지를 듬뿍 머금은 기억의 편린들을 모았다. 마치 직소 퍼즐을 맞추듯, 아주 조금씩 과거의 일이 생각났다.

– 카크라! 그 칼 내려놔!

'칼콘… 그래 그 녀석 이름이 칼콘이었지.'

처음으로 사귄 이종족 친구이자, 믿음직한 동료였다.

'식물학자 녀석은 어떻게 됐을까?'

– 저 오크 버리고 가면 목숨은 건질 수 있을 겁니다.

같이 있던 녀석의 이름이 기억나질 않았지만, 적어도 혼자 칼콘을 구하러 가진 않았을 것 같았다.

그 뿐만이 아니었다.

석중도, 시체 구덩이의 사장도 드문드문 생각났다.

그러다 문득 지현 생각이 났다.

'다른 시간에 있는, 내가 없는 지현이는 어떻게 되는거지? 칼콘은?'

눈앞이 껌껌해졌다.

대답이야 간단했다.

혼자 뛰어간 칼콘도, 아무런 일도 할 수 없는 지현도.

죽었을 거다.

"아, 안 돼!"

이유는 알 수 없었다.

몇 년 동안 단 한 번도 생각하지 않았던 문제였거늘, 갑자기 눈물이 왈칵 쏟아져 나왔다.

여태껏 생각도 하지 않은 죄책감을 줄이려는 위선의 눈물은 아니었다.

단지 눈물만 계속해서 쏟아져 내렸다.

'구해야 한다. 죽게 내버려 둬선 안 돼. 녀석들에겐 내가 필요하다!'

진심으로 원했기 때문일까?

– 돌아가시겠습니까?

목소리가 들려왔다.

'그래. 이 정도면 제 2의 인생도 살만큼 살았잖아. 돌아간다. 이제 저 쪽에 남아있는 친구들을 구하러 가야 할 때다.'

언젠가 들었지만, 잊은지 한 참 됐던 진동 소리와 함께 다시 한 번 목소리가 들려왔다.

우으으응.

– 저항 하시겠습니까?

"저항한다!"

엄청난 현기증과 함께 세상이 알그러졌다.

◈

"우웨에엑!"

구토감이 몰려와 퉤 하고 뱉어냈다.

토사물이었다면 분명 갈색이나 불쾌한 색이여만 했지만, 이상하게도 그 색이 붉었다.

마치 피처럼.

'뭐, 뭐야 이거.'

그게 전부가 아니었다.

뱉어낸 피를 녹색 여자가 입을 벌린 채 받아먹고 있었다.

"흐억!"

믿을 수 없는 광경에 비명이 나왔고, 눈이 핑 돌았다.

큰 소리를 냈기 때문일까?

눈을 감고 맛을 음미하던 녹색 여자가 눈을 떴고, 지훈과 녹색 여자의 눈빛이 서로를 가로질렀다.

혐오와 가득 담은 피포식자의 눈과,

놀람을 가득 담은 포식자의 눈이 부딪혔을 때.

비명과 고함이 동시에 울려퍼졌다.

"끼에에에에엑!"

"으아아아아악!"

그 순간 정말 오래전에. 아니 얼마 전인지 정확하게는 모르겠지만, 민우가 했던 말이 떠올랐다.

– 만드라고라가 피랑 정액을 먹고 자라거든요….

'내가 먹히고 있었던 건가!?'

"저리 꺼져 이 식물새끼야!"

온 몸을 포박하고 있던 줄기에 힘을 주자, 우드득 소리와 함께 줄기가 모조리 찢겨나갔다.

"기에엑!"

녹색 여자, 아니 만드라고라는 포박에 실패하자 바로 도망치려고 했지만…

"죽어!"

지훈이 휘두른 아티펙트에 목이 잘려나갔다.

식물답게 머리가 급소가 아니었는지 버둥거리며 도망치

려했지만, 지훈이 바로 올라타서 토막을 내버린 탓에 그럴 수 없었다.

반투명한 체액이 흘러나왔다. 동시에 반쯤 소화된 지훈의 혈액도 뿜어져 나왔는데, 그 모습이 기괴했다.

'도대체 어떻게 된 거지?'

지훈은 앞에 있던 만드라고라를 처리하고 주변을 둘러봤다. 그러자 굉장한 광경이 펼쳐졌다.

– 으헤헤. 나는 부자야, 나는 부자라고…

– 사랑해 카크라, 이제 두 번 다시는 헤어지지 말자…

칼콘과 민우 역시 방금 지훈과 똑같은 모습으로 묶여있었다.

'다 꿈이었다고?'

30년 이상 현실이라고 믿고 살았던 제 2의 삶이 꿈이라니!

뇌가 정전되고, 눈앞은 암전됐지만, 가슴은 뜨겁게 뛰었다.

연료는…. 분노였다.

'모조리 죽여 버리겠다.'

칼콘과 민우를 구하기 앞서 총기를 찾았지만 어디 갔는지 도통 보이질 않았다.

분명 정신을 잃기 전 까지만 해도 어깨에 메고 있었는데 말이다.

'젠장, 권총으로 상대해야 하나?'

지금 장전되어 있는 탄환은 폭발 탄환이었다. 위력은 절륜하나 만드라고라에 쐈다간 칼론과 민우가 폭발에 휩쓸릴지도 몰랐다.

고민하고 있길 잠시.

'왜 내 총이 지 혼자 움직여?'

바닥을 천천히 기어가고 있는 MP5가 보였다.

정확하게는 개미들이 MP5를 옮기고 있었다.

◈

– 보고! 사령관! 제 1번 식량, 깨어났습니다! 만드라고라 사망! 내장 용해제 투입이 완료돼서 대기 병력이 없습니다!

– 보고! 사령관! 제 2번 식량, 내장 용해제 투입 명령을 부탁드립니다!

– 보고! 사령관! 제 3번 식량, 환각 물질 내성이 약합니다! 더 투여하면 치사량입니다!

키가 큰 식물 위에 앉아있던 개미 한 마리가 더듬이를 쉴 세 없이 움직였다.

일반적인 개미라면 헐벗은 몸으로 있어야 했지만, 저 개미는 달랐다. 옷은 당연하고 만원경에 활까지 매고 있었다.

'어떻게? 제 1번 식량은 내장 용해에 다 녹았을텐데?'

이유는 알 수 없었으나 중요한 건 지훈이 정신을 차렸다는 사실이었기에, 대장 개미는 바로 더듬이를 움직였다.

– 명령! 1중대, 제 1번 식량을 제압.

– 명령! 2중대, 내장 융해제 투입을 유보하고 제 1중대 옆 전투 대기.

– 명령! 3중대, 환각 상태 지켜보며 대기.

대장 개미 아래로 모기 앵앵거리듯 작은 소리들이 쉴 세 없이 들렸다. 듣기엔 너무 먼 거리였으나 상관없었다.

– 1 중대장, 현재 대기 중인 각성자 등급과 무장?

– 보고! C등급 각성자, 현재 C등급 아티펙트를 착용 중입니다.

– 중대는 제압 사격을 실시하고, 빠르게 각성자를 투입.

그들의 이름은 포미시드.

곤충형 종족인 인섹토이드로, 뼈가 없는 단순한 내장기관, 강력한 근육과 외골격으로 이뤄진 개미 종족이었다.

특히 포미시드의 경우 굉장히 독특한 능력이 하나 있었으니 바로 마인드 링크(집단사고)였다.

소리를 통한 언어체계 역시 있으나 이는 굉장히 비효율적이기에 페로몬과 진동을 통해 전 개체가 동시에 의사소통을 하는 것.

그렇기에 크기가 작고 약한 종족이었음에도 멸종하지 않고 살아남을 수 있었다.

– 2 중대장, 현재 마법사 상태?

– 보고! 제 1중대 각성자에게 이동 중! 예상 시간 3분 43초!

– 명령! 마법사는 거대화 마법으로 보조.

대장 포미시드는 명령을 마친 뒤 등에 들고 있던 활을 움켜쥐었다.

목표는 지훈의 나이트 비전이었다.

◈

'바빠 죽겠는데 왜 총을 가져가고 있어!'

총을 집자 개미 여러 마리가 딸려 올라왔다.

자기가 알던 개미들과 미세하게 다른–정확하게는 옷을 입고 있는– 모습이 얼핏 보였지만, 지금은 개미 따위에 정신 팔릴 세 없었기에 손으로 쓸어버렸다.

아무리 진화한 곤충, 인섹토이드라고 한들 그래봐야 골자는 개미다. 덩치 차이가 50배는 족히 되는 인간의 힘을 이길 수 있을 리 없다.

지훈은 바로 조종간을 점사로 놓곤 칼콘을 묶고 있는 만드라고라에 발사했다.

타타탕!

끼으우엑!

총구가 불을 뿜음과 함께 만드라고라에서 녹색 체액이 튀어 올랐다.

목이 잘려도 움직이던 녀석들이다. 아마 관통상으론 별 효과가 없으리라.

후속타를 위해 바로 달려들어 개머리판으로 후려쳤다!

빽 하는 소리와 함께 만드라고라의 자세가 흔들렸고, 이에 지훈은 질풍처럼 바로 다음 일격을 꽂아 넣었다.

훅!

왼 발을 축으로 한 몸무게를 실은 하이킥!

각성으로 인해 엄청나게 증폭된 힘이 그대로 만드라고라 머리로 향했고…

퍽!

수박 터지는 소리와 함께 만드라고라가 바닥에 처박혔다.

"일어나 새끼야, 여기서 자면 죽어!"

"아들은 잘 있어? 피는 이어져 있지 않지만 소중한…."

뜬금없는 대답이 돌아왔다.

지훈도 30년간 자기가 겪었던 일들이 현실이 아닌, 환각이라 생각하니 온 몸에 소름이 돋았다.

게다가 이상하게도 칼콘의 목과 입술에 개미들이 덕지덕지 붙어있었다.

특정 부위에만 집중되어 있는 게 이상했기에 지훈은 칼콘의 입술과 목을 거칠게 털어냈다.

"제발 일어나! 여기서 뒤지면 시체도 못 가져간다! 적어도 장례는 치러야 할 거 아냐 이 돼지 새끼야!"

"나도 사랑해…."

말로 해서 일어날 것 같지 않았다.

17화. 호접지몽

짝! 짝!

있는 힘껏 따귀를 때리자 칼콘이 신음을 내뱉었다.

'젠장, 지금은 안 될 것 같다. 우민우는!?'

우민우는 아직까지 만드라고라에 묶여있는 상태. 그 역시 목과 입에 개미가 잔뜩 들러붙어 있었다.

저대로 두면 위험할 것 같았기에 칼콘을 뉘여 놓고 민우 쪽으로 달렸다.

퍼석! 퍼석! 퍼석! 퍼석!

가는 길에 수없이 많은 개미들이 보였다. 모조리 밟아 죽이며 전진했다.

대강 네 걸음 정도 달렸을까?

휘익- 쨍!

눈앞이 번쩍인다 싶더니 왼쪽 렌즈가 깨져버렸다.

포미시드가 화살을 날린 것!

하지만 저 개미들이 군대 형식까지 갖춘 문명종족이라는 건 생각도 못했기에, 뭔가에 부딪쳤거니 할 수 밖에 없었다.

그 이후 별다른 위협은 없었다.

포미시드들이 바닥에서 화살을 엄청나게 쏴댔지만, 전부 지훈의 전투복을 뚫지 못하고 박히기만 했다.

크기가 작으니 맨살 아니고선 효과가 있을리 없었다.

민우에게 다가가 바로 구출해 주려는 찰나, 만드라고라가 먼저 눈치를 채고 비명을 질렀다.

"후읍…!"

- 끄으에에에에에에에에!

눈에 보일 정도로 강력한 진동이 지훈을 때렸다.

"아아악! 이런 개썅!"

엄청난 소리에 바로 옆에서 수류탄이라도 터진 듯 심한 이명이 울렸다. 게다가 귀 아래로 진득한 뭔가가 흐르는 게 고막이 나가버린 것 같기도 했다.

반고리관까지 피해를 입어 균형이 무너지려는 찰나…

- 변이 능력에 따라 신체를 재생합니다.

머릿속으로 반지의 목소리가 울리며 귀가 간질거렸다.

2초에 걸쳐 심했던 이명이 점차 작아지고, 넘어지려던 몸 역시 제 자세를 찾았다.

"저번에 스프리건도 그렇고, 요즘 식물새끼들은 참 겁이 없어. 그치?"

지근거리까지 다가온 지훈에, 만드라고라는 공포와 함께 숨을 들이켰다.

"후읍!"

하지만 지훈도 두 번 당해줄 생각은 없었다.

조종간을 연발로 놓고, 대강 만드라고라의 목을 조준한 뒤

타타타타탕!

"푸시시, 푸시힉."

만드라고라의 목에선 굉음 대신 공기 새는 소리밖에 나질 않았다.

충분히 부상을 입은 상태였다. 하지만 소리 말고 다른 걸로 공격할 수 있었기에 바로 추가타를 입혀 제압했다.

"정신 차려!"

"난 부자야… 이제 험한 일 안 해도 된다고…."

"이 또라이야, 그러다 뒤진다고!"

사정 봐줄 것 없이 바로 얼굴을 후려쳤다.

힘이 잔뜩 실린 주먹이 민우의 얼굴에 틀어박혔다.

빽!

"끄어어어, 꺽?"

번쩍 눈을 뜬 민우는 상황을 파악하기 위해 눈을 굴렸다.

이해할 수 없는 듯 보였으나, 일일이 설명해 줄 시간 따위 없었다.

"총 들어! 주변에 뭐 보이는 거 있으면 바로 갈겨!"

– 제 3번 식량 탈취 당했습니다!

작게 속삭이는 소리에 지훈이 얼굴을 찌푸렸다.

"뭐라는 거야, 아직까지 상황 파악 안 돼!?"

"네, 네? 제가 뭐라고…."

"개미부터 털어내고 빨리 총 들라고!"

민우는 그제야 퍼뜩 정신을 차리곤 목에 있는 개미들을 훔쳐냈다.

– 지원 요청! 지원 요청! 끼에엑!

'개미가 말을 한다?'

잠에서 덜 깼나 싶었으나 그건 아니었다.

분명 개미가 말을 했다.

그 뿐만이 아니었다.

이제 보니 바닥에선 굉장히 얇은 화살들이 쉴 세 없이 날아왔고, 그 화살비 사이로 개미 몇 마리가 바지를 타고 올라왔다.

"끄아악!"

갑작스레 볼에서 고통이 느껴져 손바닥으로 감싸니, 개

미 한 마리가 버둥거리다 떨어졌다.

물렸나 싶어 쓸어보니, 장난감 같은 칼이 박혀있었다.

'이런 미친!'

그제야 적이 만드라고라 뿐만이 아니라는 것을 깨달았다.

"이, 이거 왜 안 나가요!"

반면 민우는 아직 아무것도 깨닫지 못한 체 어정쩡한 자세로 MP5를 매만지며 부산을 떨고 있었다.

"나발이고 일단 따라 와! 여기 있으면 뒤진다!"

민우 주변을 얼쩡거리던 포미시드를 떼어내곤 지훈은 바로 그를 쑥 당겼다.

"왜요!?"

"개미도 적이야."

"개미라뇨?"

"닥치고 따라와!"

설명보단 앞서 개미가 가득한 곳을 벗어나는 게 중요했다.

새까말 정도로 가득한 개미밭을 벗어나자, 민우는 그제야 바닥을 훑었다.

"포, 포미시드? 어째서!"

"저것도 몬스터야!?"

"네, 각 집단의 문명화 정도에 따라서 위험도가 천차만별인 놈들입니다! 빨리 없애야 해요!"

민우가 급히 방아쇠를 당겼으나, 딸깍 소리만 날 뿐 아무런 일도 일어나질 않았다.

"이, 이거 고장 난 것 같아요. 어떡해요!"

"조종간, 새끼야. 조종간!"

녀석의 총 세이프티 락을 해제시켰다.

"갈겨!"

타타타타탕!

탕! 탕!

일단 보이는 대로 총을 갈겼지만, 그다지 효과적으로 보이진 않았다.

마치 보병부대에게 대전차 탄환을 쏘는 느낌일까?

맞으면 죽긴 하겠지만 포미시드 숫자에 비해 탄환이 너무 부족했다.

"바, 발로 밟아 볼까요?"

"그러다 귀나 코 속으로 들어가면 일 난다!"

"이대로 있다간 죽겠어요. 도망갑시다!"

만드라고라고 나발이고 이대로 있다간 전부 개미 밥 되게 생겼다.

전리품을 앞에 두고 도망친다는 사실이 마음에 들지 않았지만, 죽으면 모두 물거품 아니던가.

"칼론 챙겨. 다리 잡고 끌어!"

"저 무거운 걸 어떻게 데려갑니까! 그러다 죽는다고요! 겨우 오크 하나 때문에 다 죽을 순 없어요! 위험 감수하며 챙겨야 할 이유라도 있습니까?"

화가 솟아 민우의 얼굴을 후려쳤다.

"말 그따구로 밖에 못해!? 사람 살리는데 이유가 어디 있어, 그냥 살리는 거지!"

민우가 작게 읊조린 욕설에서 불만이 언뜻 보였으나, 혼자 가면 죽는다는 걸 알았기에 명령에 따랐다.

그렇게 칼콘의 다리를 하나씩 붙들고 도망가려는 찰나…

– 마법사용 감지.

– 식별 완료.

– Lihased kasvab(거대화). 육체를 크게 부풀린다. 그에 따라 근력이 상승하나, 민첩에 패널티를 받는다.

부우우웅!

광풍과 함께 개미 한 마리가 사람 크기까지 불어났다.

뒷다리 두 개는 몸을 지탱하고 있었고, 남은 네팔에는 각각 석궁과 창을 들고 있었다.

"아, 아니 어떻게…!"

초현실적인 상황에 민우가 입을 떡 벌렸다.

마법이라곤 식별밖에 보질 못했으니 당연한 결과였다.

"뭘 처 놀라고 있어! 쏴!"

타타타타탕!

타타탕!

두 개의 총구에서 총알이 미친듯이 뿜어져 나왔으나 전부 외골격에 막혀 버렸다.

애초에 단단한 외골격을 가진 종족인데, 각성까지 했으니 저항 수치가 굉장히 높은 까닭이었다.

"그르륵, 끅, 거걱!"

하지만 전부 튕겨낸다 한들 물리적인 힘까지 견딜 수 있는 건 아니었기에 포미시드는 탄막에 가로막혀 전진하지 못 했다.

"탄 아껴! 사격 멈추면 바로 전진할 거야!"

"벌써 다 쐈어요. 재장전!"

"이 새끼가 진짜!"

도움이 하나도 안 돼는 모습에 짜증이 솟았지만, 지금은 저 고양이 손이라도 빌려야 했기에 어쩔 수 없었다.

타탕! 타탕! 타탕!

최대한 사격을 하며 포미시드를 막는 사이 민우의 재장전이 끝났고, 이후 지훈이 재장전을 했다.

하지만 전진을 막을 정도의 미봉책 밖에 되질 않았다.

– 마법사용 감지.

– 식별 완료.

– päevasõidutulede (몽롱함) 대상을 시야를 일그러뜨림.

– 공격적 마나 유입. 저항합니다!

– 마력 수치 7, 저항 성공!

마력 능력을 올려놨기 때문인지 저항할 수 있었다.

하지만 일반인 민우는 아니었다.

"아악! 내 눈!"

갑작스러운 변화에 민우가 몸을 비틀었고, 그와 동시에 연사로 놓여있던 MP5에서 여기저기 총알이 튀었다.

'이런 미친!'

코 앞 5cm 앞으로 총알이 날아가는 게 느껴지자 온 몸에 털이 곤두섰다.

"정신 차려!"

"앞이, 앞이 안보여요!"

"끼릭! 끽!"

아주 잠깐 동안 탄막을 멈췄을 뿐인데도, 포미시드가 바로 달려들었다.

훅!

날카로운 찌르기!

동물의 뼈로 만든 조악한 창이었지만, 엄청난 힘이 점으로 집중되면 얘기가 달랐다.

핀포인트 일격에 케블라 방탄복 따윈 손쉽게 관통되겠지.

"젠장!"

지훈은 민우를 밀어 넘어뜨리고, 횡으로 이동했다.

타타탕!

혹여 옆면은 취약할까 싶어 이동 중 견제사격을 했지만, 역시나 너무나도 쉽게 막혀버렸다.

'어떡하지?'

아무 생각도 나질 않았다.

실수 한 번에 생명이 오가는 절체절명의 순간!

칼콘이 들고 있던 방패가 눈에 들어왔다.

빠르게 찔러오는 일격에 거리를 두느라 바빴지만, 방패가 있다면 그럴 필요가 없었다.

홍!

잠시 버벅였을 뿐이 데도 그 사이 바로 창이 날아왔다.

이번엔 찌르기가 아닌 휘두르기!

중배의 공격과는 비교도 안 될 정도로 빠른 속도였다.

몸 중앙으로 정확하게 날아오는 것이, 맞았다간 늑골이 그대로 가루가 될 것 같았다.

'겨우 개미새끼한테 뒤져줄쏘냐!'

지훈은 바로 바닥에 있는 방패를 집어 들곤, 날아오는 창을 팔뚝으로 막았다.

깡!

힘이 얼마나 세던지 옷 안에 있던 강철 보호대가 박살나며 잠시 붕 떴다 내려왔다.

"끼리끽? 끼-끼."

포미시드는 이해할 수 없다는 듯 고개를 갸웃거렸다.

여태껏 그가 만났던 인간들은 모조리 일격에 두동각이 났었다. 하지만 앞에 있는 지훈은 달랐다.

"식량. 너 세다. 전사의 긍지. 나 제대로 한다."

포미시드의 입에서 어눌한 언어가 흘러나왔다.

그 사이 지훈은 방패를 고쳐 잡곤 스위치를 눌렀다.

촤라라라락!

잘 말려있던 방패가 쫙 펴지며 몸 대부분을 가렸다.

"식물에 이어 개미냐? 그래, 이제 왜 헌터하는 새끼들이 삑 하면 정신과 입원하거나 마약 빠는지 그 이유를 알겠네."

"나. 너. 무슨 말. 모른다."

못 알아들은 것 같았지만 상관없었다.

사이좋게 언어 교류나 하자고 온 게 아니다.

"너희 뭔데 만드라고라랑 붙어있냐?"

"포미시드. 만드라고라. 공생관계. 우리 피 준다. 고기 갖는다. 만드라고라 진물 준다. 서로 좋다."

왜 숲에 동물이 거의 없었는지 이해가 가는 대목이었다.

'죄다 만드라고라에 먹인 건가.'

이제 정보는 충분했다.

"그래서, 너네는 뭐라고?"

"우리는 자랑스런 포미…."

포미시드는 양 팔을 발려 자랑스럽다는 듯 하늘로 들었다.

그 사이 지훈은 오른손에 들고 있던 Mp5를 들어 올려 최대한 빠르게 조준해…

탕!

권능의 반지

18화. 포미시드와의 전투(1)

"끼에엘에엑!"

포미시드의 한 쪽 눈에서 불투명한 체액이 뿜어져 나왔다.

"명예도 모른다. 인간. 나. 너 죽인다!"

사람과 사람 사이에도 명예 따위는 개나 준 세상이었다. 어찌 개미와 지킬 명예가 남아있을까.

더 이상 대화할 필요가 없었기에 지훈은 연이어 방아쇠를 당겼다.

타탕! 타탕!

훅! 쨍!

외골격에, 방패에 서로의 일격이 막혔다.

'빌어먹을, 도대체 어떻게 상대해야 하지?'

수중에 F급 아티펙트가 있긴 했지만 쓰기 애매했다.

창을 쓰는 상대에게 다가가기도 어렵거니와, 다가가도 공격이 유효할지 미지수였다.

– 마법사용 감지. mürgitus(중독).

– 공격적 마나 유입!

– 저항합니다! 성공!

'지는 마법사 보조 받으면서 어디 명예를 운운하고 있어!'

욕을 할 새도 없이 바로 창이 찔러 들어왔다.

막았다.

끼기긱!

강력한 찌르기에 잠시 방패가 흔들린 찰나, 포미시드가 들고 있던 석궁을 발사했다.

퍽!

괴상하게 생긴 볼트가 허벅지에 틀어박혔다.

허벅지를 불로 지지는 것 같은 고통!

"끄아…."

훅! 챙!

비명지를 시간도 주지 않을 생각인지, 포미시드는 남은 두 팔로 쉴 세 없이 창을 휘두름과 동시에 석궁을 장전했다.

'어떡하지? 이대로 있다간 죽을지도 모른다!'

지훈은 조심스럽게 허리춤에 있던 글록을 쳐다봤다.

현재 장전된 탄환은 폭발탄환.

타격과 동시에 주변을 쓸어버리는 강력한 폭풍이 발생한다.

분명 포미시드에게도 유용할테지만, 문제는 1M 이상 거리를 벌리기가 어렵다는 거였다.

- 상처 부위 이물질 발견. 무시하고 재생 할까요?

안됐다.

그랬다간 움직일 때 마다 볼트가 걸리적거려 엄청나게 고통스러울 터.

타탕! 탕! 타타탕! 탕!

지훈은 방아쇠를 당기며 포미시드와 적당히 거리를 벌리곤, 바로 볼트를 뽑아냈다.

"재생!"

- 변이 능력에 따라 신체를 재생합니다.

볼트가 박혀있던 부분에서 빠르게 새살이 돋아났다.

그나마 재생 능력이 있기에 다행이었다. 만약 저것도 없었다면 지금쯤 싸늘한 시체가 되었을 게 분명했다.

'최대한 재생 변이를 이용하면서 버텨보… 잠깐만.'

순간 뇌리에 스치는 단어가 있었다.

– 화염 속성 : 몸 안에 불 속성 마나가 흐르고 있다. 불에 대한 저항력이 증가하나, 냉기에 대한 저항력은 감소한다.

생각이 들자 고민은 짧았다.

MP5를 던져버리곤, 허리춤에 있는 글록을 뽑았다.

옳은 선택일까?

칼콘이 폭발 반경에 휩쓸린다면?

불에 저항력이 있다고 폭발 충격까지 버틸 수 있을까?

혹시라도 잘못 맞으면?

"후우…."

날숨과 함께 잡생각을 모조리 털어버렸다.

어차피 이대로 시간을 끌어봐야 서서히 죽어갈 뿐이었다.

'이래 뒤지나 저래 뒤지나 똑같아. 할 건 다 해보고 죽는다!'

정신을 집중했다.

각성으로 재정비된 감각들이 서서히 눈을 뜨기 시작했다.

마치 온 몸의 털이 곤두서는 느낌!

마치 마법처럼 시간이 길게 늘어졌다.

달려오던 포미시드의 모습이 슬로우 모션처럼 보이고,

주변 환경들은 서서히 뜯겨져 나가듯 사라져 간다.

이윽고.

시야에 포미시드 밖에 보이질 않게 됐을 때.

온 힘을 다해 방아쇠를 당겼다.

타-아-앙!

총구에서 불과 함께 룬어가 각인 된 탄두가 튀어나갔다.

빠르게 회전하며 주변 공기를 찢어발기며 날아간 총알은…

정확하게 포미시드의 미간에 명중했다.

우우우웅!

그 순간 탄두는 주변의 공기를 순식간에 빨아들이기 시작하더니

퍼엉!

폭발!

거대화된 포미시드를 중심으로, 지훈은 물론 바닥에 몰려있던 포미시드들까지 모조리 폭발에 휩쓸렸다.

- 마나 폭풍 감지. 엄폐하십시오.

"젠장!"

방패로 온 몸을 가렸다 해도 어쩔 수 없었다.

지근거리 폭발인지라 차에 치인 듯 하늘을 날았다.

'성공… 인가?'

어떻게 된 일인지는 알 수 없었지만, 적어도 머리에 정확하게 들리는 말은 있었다.

– 티어가 올랐습니다. 확인해 주세요.

– 티어가 올랐습니다. 확…

– 티어가 올랐…

– 티어…

…….

– 이블 포인트가 5 감소했습니다.

– 이능력을 얻었습니다.

◈

얼마나 기절해 있었을까?

주변 땅에 불이 붙어있는 걸로 봤을 때 그리 긴 시간은 아닌 것 같았다. 뿐만 아니라 지훈의 옷에도 작은 불이 붙어 있었다.

"헉!"

화들짝 놀라 불씨를 털어내고 몸을 살폈다.

옷 여기저기가 화마에 뜯어 먹혀 있었지만, 다행히 몸에 심각한 화상은 없었다.

'화염 저항 때문인가?'

정확했다.

붉게 달아오르거나 물집이 잡힌 곳은 몇 군데 있었지만 아예 일그러질 정도로 심한 건 단 하나도 없었다.

'다행이다.'

안도의 한숨을 내쉬곤 주변을 살폈다.

거대화 된 포미시드는 더듬이가 모조리 날아간 체 푹 익어있었고, 녀석을 중심으로 땅이 움푹 파여 있었다.

남은 포미시드들은 대부분 폭발의 후폭풍으로 쓸려나간 것 같았다.

몇몇 녀석들이 바쁘게 움직이고 있었지만 소수로는 위협이 되지 않았기에, 가볍게 밟아버렸다.

'칼콘이랑 민우는?'

칼콘은 아직 꿈속을 헤매고 있는 모양이었고, 민우는 마법의 여파인지 바닥에 누워 숨을 몰아쉬고 있었다.

"괜찮냐?"

"사, 살려주세요…."

무슨 마법인지 몰랐다면 다급해졌겠지만, 지금은 아니었다.

단지 몽롱함 마법 때문에 어지럼증이 심한 것 뿐이겠지.

"엄살은 진짜. 안 죽으니까 걱정 마."

"세상이 빙빙 돌아요. 독… 독 같아요 이거."

그나마 독 비슷한 게 내장용해제였지만, 만약 그걸 맞았다면 이미 고인이 됐어야 했다.

"됐다. 그냥 좀 누워있어라."

신음하는 민우를 뒤로하고 칼콘에게 향했다.

"일어나 임마."

"나는 네가 세상에서 제일 좋아…."

굉장히 행복한 꿈을 꾸고 있는지 표정이 웃고 있다.

그 모습을 보고 있자니 심사가 뒤틀렸다.

누구는 죽을 똥 싸며 개고생 했는데 어찌 이리 곤히 잔단 말인가?

허벅지를 지그시 밟으니 그제야 끅 소리를 내며 깨어났다.

"뭐, 뭐야. 여긴 어디야!"

"티그림, 새끼야. 티그림!"

"카크라는?"

"꿈, 새끼야. 꿈!"

칼콘이 무슨 꿈을 꿨는지는 모르겠지만, 적어도 지훈은 체감 30년짜리 엄청난 꿈을 꿨다.

아마 저 녀석도 호접지몽마냥 꿈과 현실의 경계가 일그러진 느낌을 받고 있으리라.

"혹시 남은 거 있을지 모르니까, 개미 보이면 죄다 쏴버려. 알겠어?"

정리할 시간을 주기 위해 별 말은 하지 않았다. 단지 손에 총과 방패를 쥐어줬을 뿐이었다.

이후 널부러져 있는 주변을 수습하기 시작했다.

제일 먼저 포미시드가 썼던 창을 챙겼다.

마치 거대한 뼈를 그대로 깎아 만든 것 같았는데, 꼭 거대한 이쑤시개 같았다.

'폭발을 견뎌낼 정도라면 분명 좋은 물건일거다.'

식별 스크롤이 없었으므로, 대신 단검을 꺼내 들었다.

어차피 F급. 부서진다 해도 더 좋은 물건을 얻었다는 뜻이었기에 상관없었다.

깡!

꼭 플라스틱 마냥 단검 날이 둥글게 패여 버렸다.

'뭐야. E급 이상이라는 건데 방패는 왜 안 뚫린 거지?'

정확하게는 등급보단 과학에 가까운 얘기였다.

창이라는 무기는 끝이 뾰족해 그 점에 모든 힘을 집중하는 무기였으나, 칼콘의 방패는 빗면 형태였다.

힘이 집중되기도 전에 미끄러져버리니, 간신히 막을 수 있었던 것이다.

다음으로 만드라고라를 향했다.

총 세 개가 있었는데, 하나는 완전히 난도질을 해 놨기에 체액이 전부 바닥에 스며든 상태였다.

하지만 나머지 두 개는 경미한 상처만 있었을 뿐 상태가 양호했다.

질질 끌어 한 대 모은 뒤 민우에게 물었다.

"저거 이제 어쩌냐. 시체 그대로 들고 가?"

"아뇨… 제 가방에 채혈기 있는데… 일단 그걸로 체액을 뽑아주세요."

가방을 뒤지자 독특하게 생긴 기구가 보였다.

만드라고라에 푹 꽂고 있자니 흡혈귀라도 된 것 같아 기분이 묘했다.

팩을 모두 채우고 난 뒤 조각난 만드라고라 파편을 챙겼다.

아직 사용 용도가 밝혀지진 않았으나, 연구재료로 팔면 돈이 나온다는 이유에서였다.

"이제 다 끝난 건가."

전리품을 다 챙긴 뒤 남은 둘의 상태를 살폈다.

칼콘은 아직 생생한 꿈의 여파에 정신이 없어 보였고, 민우 역시 움직이질 못했다.

'구조대 불러야 하나.'

보조 주머니에 꽂혀있는 핸드폰을 만지작거렸다.

비싼 돈을 내야하긴 할 테지만, 분명 그 값이 아깝지 않을 뛰어난 사람들이 온다.

'아니. 아직은 괜찮을 것 같다. 칼콘한테 잘 얘기해서 이동하자.'

"가자."

"어, 어딜?"

"집에. 일 했으니까 정산하고 쉬어야지."

"그래. 그래야지. 어…."

지훈이 손을 내밀자, 칼콘이 그 손을 붙잡고 일어섰다.

"짐이랑 저 식물 챙겨. 나는 저 자식 업고 가야할 것 같아."

칼콘은 별 말 없이 만드라고라를 어깨에 얹었다.

"우민우. 걸을 수 있겠냐?"

"아… 안 돼요. 못 걸어요."

"너 칼콘 위험할 때 뭐라 그랬었더라?"

토씨하나 안 틀리고 버리자고 했었다.

민우의 얼굴이 공포로 물들었다.

"버리고 가지 마세요. 잘못했어요. 제발요!"

"정신 똑바로 차리고, 그렇게 살지 마라."

짝!

따귀 때리는 소리가 시원하게 울렸다.

"업을 테니까 최대한 팔로 버텨. 알겠냐?"

"버, 버리지 않을 거에요?"

"내가 말했잖아. 사람 구하는데 이유가 어디 있어. 그냥 구하는 거지."

"죄송합니다…."

"무거우니까 그냥 입 닫고 있어. 등에 토하지 마라."

– 선행으로 인해 이블 포인트가 1 감소했습니다.

스윽 스윽, 하고 칼콘과 지훈이 발을 옮길 때 마다 낙엽 쓸리는 소리가 났다.

가는 길에 딱히 큰일은 벌어지진 않았다.

굶주린 다이어 배져가 나타났지만 보자마자 마력탄환으로 날려버렸다.

짐을 차에 싣고 조수석에 앉자 그제야 긴장이 풀리며 피로가 휘몰아쳤다.

"운전 할 줄 알지?"

"면허는 없지만 어떻게 하는지는 알아."

"가자."

부릉– 드드드드드….

비포장도로를 달렸기에 진동과 소음이 심했지만, 그나마 도 달콤한 자장가처럼 들렸다.

눈이 스르륵 감기기 전…

'맞다. 티어.'

정보 창을 열어 확인해 봤다.

[정보]

이름 : 김지훈

이블 포인트 : 71 (–6)

등급 : D 등급 9티어 (+14)

보너스 점수 : 14

근력 : E 등급 (15)

민첩 : E 등급 (13)

저항 : F 등급 (8) (+2)

마력 : F 등급 (7)

잠재 : S 등급 (?)

이능 : F 등급 (5) (신규!)

[이능력]

(신규!) 집중 (F랭크) : 순간적으로 집중력을 극대화 합니다. 사용 시 주변의 시간이 느려지며, 하나 혹은 여러 대상에 집중할 수 있습니다.

사용 후 얼마간 극심한 피로를 느끼며, 연속 사용 시 부작용이 있습니다.

'아까 내가 겪었던 게 이능이었나.'

픽 웃음이 나왔다.

정리하자면…

티어는 무려 14개나 올라 D등급 9티어가 됐고,

이블 포인트는 6이 깎였으며,

단순 경험으로 저항이 2포인트 올랐고,

이능 등급과 이능력이 새로 생겨났다.

'고생한 보람이 있네.'

일단 보너스 점수는 대부분 저항에 투자했고, 나머지는 민첩, 마력, 이능에 골고루 분배했다.

- 반영되었습니다.

민첩 : E 등급 (13) = 〉 E등급 (15) (+2)

저항 : F 등급 (8) = 〉 E 등급 (15) (+7)

마력 : F 등급 (7) = 〉 E 등급 (10) (+3)

이능 : F 등급 (5) = 〉 F 등급 (7) (+2)

저항이야 더할 것도 없이 목숨을 위해서였다.

앞으로 어떤 적을 만날지는 알 순 없었으나, 분명 이보다 더 위험한 존재를 만날지도 몰랐다.

'실제로 포미시드 각성자는 OTN탄을 전부 튕겨냈다.'

아무리 신금속 탄환 중 최하급이지만, 일반 방탄복 따윈 손쉽게 찢어버리는 탄환이다.

그 탄환으로 생채기 하나 내지 못했다.

물론 인섹토이드라는 특성상 저항 능력치가 타 종족보다 2배 이상 높았기에 가능한 일이었지만, 분명 높은 저항을 가진 각성자는 그 존재 자체로도 전차와 같았다.

민첩은 회피를 위한 선택이었다.

만약 민첩 능력치가 낮았다면, 채 방패를 집기도 전에 포미시드의 창에 머리가 박살났을 터였다.

그 외 마력은 마법 저항을 위해서 투자했고, 이능은 혹시 모를 또다른 이능 혹은 이능력 강화를 위해 투자했다.

'젠장, 너무 피곤하다.'

능력치 분배를 완료하자마자 짙은 수마가 지훈을 끌어안았다. 견딜 수 없는 피로에 슬쩍 눈을 감자, 의식이 픽 끊어지며 깊은 잠에 빠져들었다.

19화. 포미시드와의 전투(2)

NEO MODERN FANTASY STORY

눈을 떠보니 어느새 티그림이었다.

눈꺼풀이 무거워 살짝 비볐다.

칼콘은 어디 갔는지 보이질 않았고, 민우는 뒷 자석에 앉아 표정을 찡그리고 있었다.

"괜찮냐?"

"일어 나셨어요? 어우, 전 아직도 죽겠네요."

"별 것도 아닌 마법이드만, 겨우 그거 맞고 골골대기는…."

"마법요?"

되묻는 말에 아차 싶었다.

지훈이야 반지가 전부 분석하니 알 수 있었지만, 아마 민우는 뭐에 당하는지도 모르고 픽 쓰러졌을 거였다.

마법이라는 말에 반문하는 게 당연했다.

이미 말 꺼낸 상태라 얼버무리기도 이상했기에 그냥 내버려뒀다.

"포미시드 마법사가 쓴 마법이야. 몽롱함."

"형님 혹시 마법사세요?"

"내가 마법사면 여기서 왜 이 고생을 하겠냐."

아이덴티티 들어가거나 마법 관련된 편한 일 했겠지.

"근데 어떻게 알았어요?"

"옛날에 맞아본 적 있어서 알아."

새빨간 거짓말이었지만, 민우는 그러려니 하는 눈치였다.

"대단하네요…."

"그나저나 칼콘은 어디 갔어?"

"현상금 받으러요."

현상금이라니?

예상치 못한 단어에 멍하니 있자니 칼콘이 돌아왔다.

"일어났네, 지훈. 들어봐. 이 개새끼가 말이야!"

"아 저기… 그, 제가 설명해도 될까요?"

칼콘이 씩식거리는 모습에서 뭔가 큰 일이 있었다는 것을 짐작할 수 있었다.

"해봐."

사실 티그림 숲에 있는 만드라고라에 현상금이 걸려 있었다고 했다.

원래 만드라고라는 무리지어 사는 식물이 아닌, 거의 혼자 성장하는 식물이었다.

성장에 필수 불가결한 요소가 피와 정액이므로 거의 사형대나 감옥 혹은 사창가 같은 음습한 곳 주변에서 한, 두 줄기 간신히 발견될까 말까 했다.

하지만 무슨 일인지 티그림 숲에 만드라고라가 대량 발생함과 동시에 동물들이 씨가 말라 버린 것.

'꼬라지 보니 포미시드가 죄다 잡아다 만드라고라에 처박았군.'

"그래서 티그림 측에서 생태계 보호를 위해 만드라고라에 현상금을 걸었어요…."

"얘기 들어보니까, 거기서 여럿 죽어 나갔다더라. 딱 보니 이 새끼가 함정 판거야."

"아닙니다! 오해에요! 혀, 현상금이 걸려있는 건 알았지만… 이렇게 위험한 일인지는 몰랐다구요! 단지 체취가 끝나면 혼자 현상금을 가로채려고만 했어요!"

민우의 계획은 딱 저기까지였다.

헌팅을 하던 팀이 망가졌으니, 퇴직금 및 기타 배상 명목으로 현상금 정도는 혼자 챙겨도 될 거라고 생각한 모양.

만드라고라에게 유인해서 죽이거나, 복수 같은 건 생각도 하지 않았다.

'인성 꼬라지하고는… 버리고 가잘 때부터 알아보긴 했는데, 참 못났다.'

"됐어, 저 녀석도 나란히 뒤질 뻔 했으니까 함정은 아니었을 테고. 결과적으로 현상금도 나눴으니 좋게 끝났네."

"정말요?"

지훈의 말에 민우의 눈동자가 흔들렸다.

중배 밑에서 일할 때는 거친 언사와 폭행에 시달렸기에 이번에도 그럴 거라 생각했기 때문이었다.

"그래. 근데 얼마 받았냐?"

"어… 5000만원. 원래 4000인데 포미시드 얘기 하니까 더 줬어."

입이 떡 벌어질 정도였다.

아직 만드라고라 체액은 팔지도 않았는데 5000이라니!

목숨 걸고 한 일이었기에 많을 거라 생각은 했지만, 상상 그 이상이었다.

"어떻게 나눌 거야?"

칼콘이 물끄러미 지훈을 쳐다봤다.

"쩝. 너랑 나 각각 2250 민우 넌 500 가져가라. 불만 있냐?"

"없습니다. 저기, 형님…."

"개새끼. 뽄새보고 갖다 버리고 오려다 만 걸 다행으로 알아. 그리고 누가 네 형님이야. 말 똑바로 안 해? 콱, 씨."

"그래서 말입니다. 저 그냥 현상금은 안 받겠습니다. 솔직히 이번엔 제가 한 일도 없고… 속이려고도 했잖아요. 이번엔 체액 팔아서 번 돈만 받겠습니다."

결심에 가득 찬 표정이 진심으로 반성하고 있는 듯 했다.

"알면 됐으니까, 그냥 가져가 새끼야. 나중에 안줬다고 지랄하지 말고."

"저, 정말요?"

"싫으면 말던가."

몸을 돌리자 진짜 안줄까 급히 돈을 챙기는 민우였다.

"지훈, 나도 똑같은 마음이야. 한 거 없이 받아가긴 싫어. 이 현상금에선 500만 챙길게."

따지자면 한 건 없었지만, 죽을 고생은 같이 했다.

"괜찮겠냐?"

"네."

"응."

"그래. 사실 나 혼자 다 하긴 했지."

뭐 그건 그거고, 돈은 돈이었기에 남은 현상금은 모두 지훈의 주머니로 들어갔다.

이후 만드라고라의 체액은 각성자 물품 거래소에 팔았다.

세금이 세게 붙기 때문에 석중이나 시체 구덩이를 통해 팔아보려고 했으나, 안타깝게도 둘 다 취급 물품이 아니었기에 어쩔 수 없는 선택이었다.

일행이 채취한 체액은 총 4L였고, 총 가격은 1억 2천만으로 측정됐다.

헌터들이 괜히 신흥 귀족이라는 말을 듣는 게 아님을 한번에 알 수 있는 대목이었다.

하지만 이에 각성자 물품 거래 세금 33%를 떼고 나니 8천 3백만 원. 이를 정확하게 3등분해 각각 2680만원씩 나눠가졌다.

사실 지분으로 따지자면 정산금도 지훈이 8할 넘게 가져가야 옳았지만, 추후 관계 정립을 위해서 정확하게 나눴다.

'한 번 사냥하고 끝낼 것도 아니잖아.'

[정산 결과]

획득.

만드라고라 현상금 : 5,000만 원.

만드라고라 체액 정산금 : 8,300만 원

지출.

렌트카 대여비 : 50만 원. (지훈 지출)

왕복 버스비 : 30만 원. (각출)

총액.

1억 3,300만 원 획득.

[배분]

[지훈]

현상금 4000만원 + 체액 정산금 2680만원.

총 6680만원 수익.

– 기타 획득물 : 포미시드의 창 [E랭크 이상?]

– 장비 손상 : 폭발 탄환 2발, 케블라 방탄복, 기타 의류

– 부상 : 고막 손상. 내장 용해. 화상. 관통상. (재생됨)

– 능력 : 티어업 14번, 저항 능력치 2 증가, [집중] 이능력 획득.

[칼콘]

현상금 500만원 + 체액 정산금 2680만원

총 3180만원 수익.

– 장비 손상 : 1세대 나이트 비전 왼쪽 렌즈, F랭크 접이식 방패.

– 부상 : 꿈에 대한 후유증.

– 기타 : 방패 빚 500만원은 장비 수리비로 상쇄 됨.

[민우]

현상금 500만원 + 체액 정산금 2680만원.

총 3180만원 수익.

– 부상 : 심한 어지럼증과 현기증.

– 능력 : 약간의 전투경험, 총기 사용법.

“수고들 했다. 집들 들어가고, 다음에 헌팅 때 보자.”

그 말을 마지막으로 셋은 각자 해산해 집으로 향했다.

칼콘은 동구 이종족 자치구로,

민우는 서구 임대아파트로,

지훈은 동구 초기 개척지구로 향했다.

칼콘은 획득한 수익 대부분을 저금한 뒤 음식에 많은 돈을 사용했다. 특히 보급용 음식에 학을 뗐는지, 고기와 술이 대부분이었다.

'이 맛에 돈 벌지. 다 먹고 살자고 하는 짓이잖아.'

민우는 다음 달 월세까지 미리 납부한 뒤, 집에 컴퓨터와 인터넷을 들였다.

위성이 떠있지 않은 세드였기에 가격이 만만치 않았지만, 정보가 곧 돈임을 깨달았기 때문이었다.

'내가 제대로 알기만 했어도 위험해 지진 않았을 거야. 지훈 형님은 중배랑 다르다. 믿어도 될 것 같아.'

덤으로 지구로 돌아가는 티켓은 끊지 않았다.

그리고 지훈은…

'자 이제 돈 좀 써볼까?'

◈

돈이 많다는 건 참 좋은 일이었다.

매일을 전쟁처럼 살았던 게 엊그제였다. 헌팅 한 번 다녀왔다고 남이 일 년을 꼬박 일해야 벌 수 있는 돈이 그냥 들어왔다.

"나왔다."

"오빠 왔어!?"

인기척에 지현이 맨 발로 집밖까지 뛰어나왔다.

하루 꼬박 연락이 없었으니 불안했던 모양이다.

"괜찮아? 다친 데 없어?"

거의 누더기가 된 방탄복이 신경 쓰인 걸까. 몸 여기저기 더듬으며 상처를 살피기까지 했다.

"당연하지."

신체 재생의 위력이었다.

전투 중 얻은 부상만 나열해도 최소 빈사 혹은 사망이다. 변이가 없었다면 두 번은 죽었어야 했다.

"다행이다! 진짜 다행이야!"

"그래. 다행인 거 아니까 소리 그만 질러. 머리 울린다."

고막이 덜 재생됐거나 한 건 아니었다.

단지 재생의 부작용으로 피로가 몰려왔기에 소리가 이명마냥 윙윙거렸을 뿐이다.

"알겠어! 밥은 먹었어?"

"아니. 이따 나가서 먹자. 피곤하다."

속 쓰릴 정도로 허기가 몰려왔지만, 일단은 잠이 먼저였다.

입고 있던 장비를 모조리 쓰레기통에 처박곤 자리에 누웠다.

수리하면 어떻게 다시 입을 순 있겠지만, 이참에 새로 하나 장만하려는 생각에서였다.

"나 잔다. 그리고 이거 오늘자 일당이니까 가서 예금하고 와. 될 수 있으면 카드도 하나 만들어 와라."

눈을 감자 멀리서 지퍼 여는 소리와 헉 소리가 들렸다.

지현은 도대체 얼마냐고 묻고 싶은 눈치였지만, 지훈이 너무 피곤해 보였기에 묻진 않았다.

"대박! 이거 진짜 전부 살 거야?"

대답할 필요도 없었기에 바로 점원에게 배달을 부탁했다.

"32인치 TV하고, 2도어 냉장고, 드럼 세탁기 맞으세요?"

"거기에 컴퓨터랑 미니 라디오 한 대 씩 더."

전자상가 직원은 주문을 메모하고 씩 웃었다.

"신혼살림 차리시나 봐요?"

듣기 좋으라고 한 농담인데 어째 방향이 빗나갔다.

"이 양반이 엄청 살벌한 소릴 아무렇지도 않게 하시네?"

"예?"

"저거랑은 예수, 부처도 같이 못 살 거요."

"야! 무슨 말을 그렇게 해!"

"저 보소. 오빠한테 야라면서 반말 찍찍 하는 거."

지현이 버럭 소리를 질렀다.

거친 매력을 마구잡이로 뿌리는 지훈처럼, 지현 역시 얼굴과 몸매만 놓고 보자면 꽤 미인에 속했다.

문제가 있다면 4차원 성격과 걸레 문 입 정도?

'누군지 모르겠지만, 나중에 이 년 데려갈 놈은 정말 고

생할거다.'

미래의 매제에게 미리 애도했다. 물론 그 놈이 사람 덜 된 놈이라면 애도가 아니라 총알을 먹여 주겠지만 말이다.

집에 가전제품이 도착하자 분위기가 확 달라졌다.

옛날에는 불우이웃 돕는 프로그램에나 나올법할 정도로 열악했지만, 큼지막한 TV와 열면 음식이 가득할 것 같은 냉장고가 놓이니 분위기가 확 살았다.

"근데 컴퓨터는 왜 산거야? 어차피 여기 인터넷도 엄청 비싸서 쓰지도 못하잖아."

"그냥. 오래간만에 오락이나 해보게. 너도 하고 싶은 거 있으면 사다 해라."

굉장히 오랜 시간동안 삶의 무게에 짓눌렸기에, 이 정도 여가는 필요하다 싶은 선택에서였다.

정말 좋아했지만 어렸을 적 외엔 해보지 못한 여가생활에 시간은 굉장히 빠르게 흘렀다.

"칼콘, 나와라."

"오늘? 나 여자 친구랑 약속 있는데."

예상치 못한 인물에게서 여자 친구라는 말이 나오자 살짝 당황스러웠다.

"뭐야, 언제부터?"

"아마 일주일 전?"

살짝 달력을 훑었다. 일주일 전이면 헌팅을 돌아온 날이다.

도대체 뭘 하면 헌팅 다녀오자마자 여자 친구가 생길까 의문이 솟았다.

"별 건 아니고. 술 먹다가 만났어."

"뭐하는 술집?"

"나이트클럽? 뭐 있잖아, 밤에 여는 파티장 비슷한 거."

한 번에 이해됐다. 상대가 인간인지 살짝 궁금했으나 물어보진 않았다.

'뭐 칼론이 오크치곤 괜찮은 편이긴 하지.'

키 190 후반에 조각 같은 근육을 가진 칼론이었다.

오크 특유의 엄니와 들창코도 심하지 않았기에 얼핏 보면 사람 같아 뵈기도 했다.

"슬슬 장비 준비해야하지 않을까 싶어서 전화했다."

"그럼 오늘 말고 글피 안 돼?"

제안을 하면 턱턱 받아왔던 녀석이 3일이나 약속을 미루니 이상했다. 말 잘 듣는 아들이 여자한테 정신 팔린 걸 보는 엄마 같은 기분이랄까?

"그러던가."

당장 나오라고 하면 오겠지만 그러지 않았다.

딱히 급한 일도 아니었고, 좀 더 쉬어도 상관없었다.

'목숨 걸고 그 짓거리 했는데 이 정도는 쉬어야지.'

얼마나 신경 쓰였으면 잠자다 벌떡 일어날 정도였다.

악몽은 기본이오, 한 동안은 개미만 봐도 경계했었다. 하지만 뭐든 처음이 어렵다고, 가벼운 신고식을 치르고 있거니 했다.

'그러고 보니 창 식별하는 걸 깜빡하고 있었다.'

식별한다고 해도 팔 장소가 마땅찮았기에 내버려 뒀었다.

지훈은 창을 챙겨들곤 터덜터덜 석중에게 향했다.

권능의 반지

20화. 민우의 어설픈 설계

곰팡이와 화약 냄새. 입구에 잔뜩 쌓인 C4. 기폭기를 주물럭거리는 노인. 모두 그대로였으나, 작게 흘러나오는 라디오 소리만 달랐다.

– 티그림 자치구는 영토 내 포미시드가 발생, 토벌하겠다고 발표했습니다. ……현상금 사냥꾼에 의해 최초 발견됐으며, 자치구는 해당 헌터에게 감사의 인사…….

“아이고, 여보라. 티그림의 영웅 아이니?”

“됐소. 돈 받고 하는 일에 무슨.”

“요즘 라디오 틀어보면 장난도 아이라. 하루에 두 번씩 나오잖니. 거 영웅 아이면 뭐라 부르겠어.”

“그만하쇼. 듣기 거북하네.”

"포미시드면 마법사도 있었을 텐데 살아 돌아온 게 장해서 그렇다, 야."

"아무리 핥아봐야 물건 비싸게 줄 생각 없으니 썩 치우쇼. 어울리지도 않는 짓 하는 거 보니 내가 다 섬뜩하네."

"쓰애끼, 어른한테 말하는 거 보라?"

말은 격한데도 얼굴엔 미소가 가득했다.

지훈은 슬쩍 들고 온 창을 카운터 너머로 건네줬다.

"웬 쇠꼬챙… 이거 뭐니. 처음 보는 재질인데."

"포미시드 병정개미가 들고 있던 거요. 대강 부딪혀 보니까 F급 이상인 것 같아서 가져왔소."

저 창에 죽을 뻔 했다는 얘기는 뺐다.

"오 십. 더는 안 된다."

"아, 내가 무슨 아직도 그지 깽깽인줄 아쇼? 흥정 안 할 테니 빨리 식별이나 해보시오."

"거 쓰애끼 계집년도 아닌 게 보채기는. 옜다, 시작한다. Supply hobujõudu(마력 공급)."

부웅-

석중이 끼고 있던 안경에서 은은한 빛이 흘러나왔다.

"하… 새끼 너 이거 나한테 팔아라."

설명보다 앞서 팔라는 얘기가 불쑥 튀어나왔다.

"도대체 뭐 길래 그러쇼? 일단 들어나 봅시다."

"아 들을 거 없고, 내한테 팔란 소리 안들리니?"

"미친 할배가 발정이 났나, 밑도 끝도 없이 뭔 개소리요."

"판다 하면 알려준디. 값 제대로 쳐주마."

태도로 보니 엄청난 물건이 나온 모양이었다.

"안 팔 거니까 정력 낭비 그만하고 설명이나 해주쇼."

[여왕의 은혜]

종류 : 창

등급 : C (마법 부여)

재질 : 마력을 머금은 엘프의 뼈, 포미시드 분비물, 만드라고라 추출액

설명 : 포미시드 근위대에게 주어지는 창. 포미시드 전통에 따라 사냥물의 뼈로 골자를 만들고 그 위에 포미시드 여왕개미의 분비물을 발라 굳혔다. 공생생물에 따라 재질이 달라질 수 있다.

마법 부여 : 거대화, 무기 강화, 마비.

마법이 부여 된 물품입니다. 현재 재질에 함유된 마나로 인해 유지되고 있으나, 마력이 전부 소진되거나 마법 부여자보다 높은 수준의 마법이 간섭될 경우 해제될 수 있습니다.

C급 아티펙트 가격은 어림잡아 5000 이상.

석중의 설명대로라면 정말 엄청난 무기였다.

"뿐만 아이라 이거 맞으면 마비 때문에 훅 간디."

설마 싶어 손가락에 살짝 찔러봤다. 손바닥 감각 자체가 사라졌다.

"근데 창이면 좀 그렇지 않소? 생명체 아니고서야 쓰기가 애매하잖아."

관통형 무기의 애환이었다.

만드라고라가 총알을 맞고도 별 타격이 없었다. 이처럼 식물 혹은 비생명체에겐 관통상은 별 볼일 없는 상처였다.

내장을 상하게 만들거나 출혈이 주요 공격 수단이기에 언데드에겐 아예 먹히지도 않았고 말이다.

"아이지. C급이면 그냥 휘둘러도 웬만한 칼보다 좋디."

맞는 말이었다.

창이라도 굳이 찌르는 데만 쓸 필요는 없었다.

단지 찌르는 공격이 제일 효과적일 뿐 단순 휘두르기만 해도 위력 자체는 절륜했다.

"C급이면 이 방탄유리도 한 방에 깨지겠소?"

"그럼, 한 방이지."

지훈은 창과 유리를 바라보며 장난기 서린 미소를 지었다.

"목숨 여러 개면 해보라."

이에 석중은 기폭기로 대답해줬다.

"거 농담 한 번 못하겠네. 여기 돈이나 받으쇼."

"고맙디. 살아서 담에 보자."

"할배도 죽지 말고 살아계시오. 그럼 이만."

C급 아티펙트를 들고 다닌다고 생각하자 주변 시선이 달라보였다. F부터 S까지 있는 등급 중 겨우 C라지만, 실제로 C급 아티펙트를 들고 다니는 사람은 몇 안됐다.

E등급 까지는 그럭저럭 많이 볼 수 있었지만, C등급 이상부턴 고등급이라 보기 힘든 이유에서다.

게다가 C등급 헌터도 안전한 일을 우선시 하다 보니 아티펙트 가격 및 유지비를 부담하지 못했다.

– 헌터인가봐.

– 멋지다!

과거에 느꼈던 시선이라곤 무시 혹은 공포 둘 중 하나밖에 없었지만 헌터가 되자 주변 시선이 확 달라졌다.

호감, 부러움, 질투, 시기.

모두 기분 좋은 것들 밖에 없었다.

"어, 저기요!"

한껏 기분 내고 있자니 뒤쪽에서 여자 목소리가 들려왔다.

"뭐요?"

"지나가다 봤는데 괜찮은 분 같아서요. 연락처 좀…."

인생 살며 겪어보지 못한 일에 잠시 당황했다.

지금 입고나온 옷은 물 빠진 청바지에, 후드티.

이성에서 호감을 줄만한 옷차림은 아니었다.

"핸드폰 없소."

"저기 그럼 혹시 삐삐는…."

"없다니까."

철벽처럼 우뚝 선 부정에 여자의 얼굴이 붉게 물들었다.

"죄, 죄송합니다!"

타타타탓!

구두 신고 어찌 그리 빨리 달리는지 신기할 따름이었다.

'가끔씩은 아티펙트도 들고 다니고 그럴까.'

지훈은 여자의 뒷모습을 보며 슬쩍 미소를 지었다.

아직까진 연애를 할 여유가 없었지만, 언젠가 기회가 된다면 꼭 하고 싶었다.

'자, 자. 생각 그만하고 움직이자. 해 지기 전에 마법 물품 상점도 가야한다.'

지훈은 낯익은 가게 앞에 도착했다.

저번에 반지 식별을 위해 찾았던 그 가게였다.

"어서오세요!"

문을 열고 들어가자 카운터에 있던 여직원이 활짝 웃으며 인사했다.

얼핏 보기엔 그냥 판매원으로 보였지만, 무려 아이덴티티 정사원이었다. 게다가 미약하게나마 마력 능력도 갖고 있으리라.

'마력만 갖고 있으면 개나 소나 아이덴티티 취업해대니 마법사 씨가 마르지… 쯧.'

일종의 독점이었다.

아이덴티티는 마법 물품 시장 및 마도학의 선두주자였는

데, 조금이라도 마법에 관련 된 인간은 어마어마한 연봉을 주고 고용했다.

그로인해 후발 주자들은 인건비에서 밀려 좋은 인력을 얻지 못했다. 기껏해야 시장 점유율 10% 웃도는 정도였다.

게다가 이공계 기피현상처럼, 마도학자 혹은 마법사 기피 현상도 일어났다.

굳이 룬어네 뭐네 고생해가며 마법을 공부하는 것보다 아이덴티티에 취업하는 쪽이 훨씬 쉬우니 그럴 수밖에.

이 결과로 아이덴티티는 마법 인력을 독점, 더 나아가 시장을 독점해 마법 물품들을 어마어마한 가격으로 유통했다.

'뭔 식별 두루마리 하나가 100만원이나 해.'

마음에 들지 않았지만 뭐 어쩌랴.

일단 지금은 식별 두루마리가 필요한 게 아니었다. 식별 센터를 지나쳐 마법서 쪽으로 향했다.

"무엇을 도와 드릴까요?"

정장을 입고 있던 판매원과 달리, 마법서 코너엔 로브에 고깔모자를 쓴 남자가 서있었다.

"마법서 좀 구해볼까 싶소."

"룬어는 알고 계신가요?"

룬어는 마법사들의 언어였다.

아직 마도학이 그렇게 발전된 것이 아닌지라 고대의 언어, 용의 언어, 마법용 언어 등 여러 가설이 있었지만 밝혀진 것은 아직 없었다.

'이걸 어떻게 설명해야 하나.'

마법사가 될 수 있는 기본 조건 중 하나가 룬어 습득.

하지만 지훈은 룬어를 배운 정도가 아니라, 아예 모국어처럼 이해할 수 있었다.

실제로 룬어를 사용하는 아쵸푸므자와 얘기도 하고, 반지가 알려주는 마법도 전부 다 알아듣지 않았던가.

"대강 할 줄 압니다."

"그럼 기본부터 탄탄히 해보시는 건 어떨까요? 요즘 만화로 배울 수 있는 쉬운 룬어 시리즈가 유행입니다."

"필요 없고, 마법서 주시오."

점원은 살짝 곤란하다는 표정을 지었다.

룬어 좀 한다고 무턱대고 비싼 마법서를 사가는 것 까진 좋았다. 그러고 나서 못 읽겠다고 배 째라 환불로 나오니까 문제였지.

"마법은 전부 룬어라 확실하게 익히고 사시는 게 어떨까요?"

"Andke mulle raamat(책 내놔)."

설명할 것 없이 바로 룬어를 내뱉었다.

듣기만 했기에 말하는 것 까지 될 지는 몰랐지만, 의식하니 술술 나왔다.

"네, 네?"

예상치 못한 룬어에 점원이 버벅거렸다.

깔끔한 성조에 깨끗한 발음. 완벽한 룬어였다.

“죄송합니다. 제가 사람을 잘못 봤네요, 바로 가져다 드릴게요.”

눈앞에 나타난 책은 총 세 종류였다.

마법에 대한 설명이 적혀있는 마법 백과.

마법을 학파 별로 분류해 놓은 연구서.

실제로 마법을 배울 수 있는 마도서.

“마법 백과랑 마도서 주쇼. 수준은 제일 낮은 걸로.”

룬어를 아니까 흉내는 내 볼 수는 있겠지만, 실제로 작동할지는 미지수였다.

마법 저항을 위해 찍은 마력이지만, 그것만 보고 찍기엔 아쉬운 감이 없잖아 있었다.

‘내가 마법을 쓸 수 있나 확인해 봐야한다.’

◈

책을 들고 가까운 카페에 앉았다.

테이블 위엔 대학 전공서적 같은 하드커버 책이 두 권.

마치 대학생이라도 된 것 같은 기분이었다.

– 어머 저기 봐… 외마연(외부 마법 연구원) 사람인가봐.

– 연봉 장난 아니라는데 진짜야?

– 기본 1억 6천에 나갈 때 마다 수당 더 받는다며!

– 근데 저 남자 참 괜찮다. 야성미 넘치고.

주변에서 쏟아지는 시선만 없었다면 말이다.

과거 비각성자였을 땐 못 들었을 정도로 작은 소리였지만, 지금은 마치 옆에서 속삭이듯 잘 들렸다.

'각성했다고 다 좋은 건 아니구만. 이거 뭐 동물원 원숭이고 아니고, 쯧.'

테이블 옆에 기대놨던 창을 슬그머니 바닥에 깔았다. 그제야 좀 주변이 조용해 졌다.

아마 아무 무늬 없이 긴 꼬챙이처럼 생긴 외형 때문에 사람들이 스태프로 착각한 것 같았다.

– 요즘 헌터들이 1등 신랑감이잖아. 가서 대쉬해봐!

– 그, 그럴까? 거절하면 어떡해?

– 그냥 오면 되지. 찔러나 봐.

'여자나 남자나 그게 그거구만.'

안 듣는 척 책을 슥 펼쳤다.

처음 살펴본 건 마법 백과였다.

한글과 룬어가 섞여 있는 걸로 보아 다른 종족의 서적을 번역한 것 같았다.

– 마법은 본디 Vana-võistlused(고대종)의 것으로, 시간과 백열의 신 hahzmoohpohca(하즈무포카)가 처음 엘프에게 üleminek(전이)했다고 구전되고 있다.

– 바버은 룬어를 Brigaadikindral(영창)하여 발현할 수 있고, 수인 혹은 법진 같은 보조 기술 혹은 스태프 같은 도구를 통해 도움을 받을 수 있다.

– 자연의 섭리를 거스르는 행위기에 영창에 실패하거나, 방해받을 경우 tõukejõud(반발력)이 돌아오니 주의하여야 한다.

– 마법에는 강령, 강화, 변이, 소환, 정신, 파괴, 치유의 학파가 있다. 각 학파는…… 하는 특징을 가진다.

'만약 사용할 수 있다면 강화, 변이, 치유 학파가 제일 유용하겠군.'

백과를 훑고 있으니 책 위로 그림자가 드리웠다.

21화. 도대체 이 창이 뭔데?

NEO MODERN FANTASY STORY

누군가 싫어 고개를 들어 확인했다.

"혹시요!"

나이는 스물 예닐곱 됐을까?

살짝 웨이브 진 그녀의 머리가 미풍에 가볍게 흔들렸다.

바람에 실려 온 샴푸인지, 향수 냄새인지 모를 것. 여자의 냄새는 남자의 가슴을 두근거리게 만들기에 충분했다.

뿐만 아니라 핏이 잘 맞아 몸매를 부각시키는 블라우스는 마치 순백처럼 하옜고, 반면 검은 색 H라인 스커드는 마치 시선을 빨아들이듯 어두웠다.

"뭐요."

뭐 지훈은 예쁘건 말건 관심 없었기에 툭 뱉어냈다.

"마법사세요?"

"내가 마법사면 뭐 하시려고?"

"마법 보여주세요!"

헌팅왔다기엔 분위기가 이상했다.

꼭 신기한 걸 발견한 어린아이 같은 표정이랄까?

"지금은 연습하고 있소. 안 돼."

"보기만 할게요. 저 마법사는 처음 본단 말이에요!"

마법사라고 하지도 않았는데, 여자는 아예 철썩 같이 믿고 있는 눈치였다.

딱히 잘 보이고 싶진 않았기에 그냥 무시하고 연습을 했다.

'몇 번 실패하면 알아서 돌아가겠지.'

지훈은 백과를 덮고 마법서를 펼쳤다.

대강 앞쪽에 있는 저자 및 목차 같은 지루한 것들은 슥 넘겼다. 지금 필요한 건 도전해 볼 법한 마법이었다.

– 불꽃(ilutulestik) : (파괴계) 손끝에 불꽃을 만들어 낸다. 크기와 온도는 시전자의 능력에 비례한다.

일루→ 툴↑ 레스↘ 틱↗

형언할 수 없는 난이도를 가진 발음이었다.

"일루– 툴레스 틱?"

한 세 번 발음했을까. 혀가 시멘트라도 바른 양 뻐근했다.

"실패한 거에요?"

"연습한다고 했잖소. 남는 시간 많나보오?"

"그럭저럭요."

간접적인 축객령을 보냈지만 여자는 떠나지 않았다.

'무시하자.'

"일루→ …."

후웅-

아까와는 달리 이상한 느낌이 들었다

마치 식염수 흐르듯 온 몸에 청량한 기운이 흘렀다.

'이게 뭔… 혹시 마력인가?'

정확했다. 지훈의 몸 안에 있던 마력이 영창과 함께 꿈틀거리기 시작했던 것이다.

– 사용자의 주문 활동 감지. 증폭 하시겠습니까?

'그래. 이번엔 실패했지만, 다음엔 증폭해 봐.'

다시 시작하려는 찰나, 여자가 투덜거렸다.

"왜 하다 말아요?"

"정신 사나우니까, 입 좀 다물고 계쇼."

중요할 때 끼어드니 무심코 평소 말버릇이 튀어나왔다. 하지만 여자도 참을성이 강한지 콧소리만 내고 말았다.

'느긋느긋 해보자.'

"일루→"

우으응!

– 사용자의 주문 활동 감지. 마력을 증폭합니다. 마나 소비가 늘어나니 주의해 주십시오.

반지의 떨림과 함께 혈관 아래 잠들어있던 마력이 하나둘 깨어나기 시작했다.

"툴↑"

마치 온 몸의 혈관 사이로 미풍이 부는 것 같았다.

"레스↘"

그 마나들은 전부 손끝으로 이동해…

"틱!↗"

불처럼 뜨거워졌다.

화르르륵!

– 마력이 증가했습니다. 확인해 주세요.

마력 : E 등급 (10) = 〉 E 등급 (11) (+1)

"우와!"

난생 처음 보는 마법!

여자와 지훈의 눈동자가 동시에 부풀었다.

'마, 마법도 된다?'

혹시 될까 싶어 사용해 본 것뿐이었다. 되지 않는다고 해도 상관 없었다. 어떤 마법이 있는지 잘 알아두기만 해도 됐기 때문이다.

실제로 되니 마음이 벅차올랐다.

그 어떤 말로도 표현할 수 없는 기쁨!

'이게, 이게 전부 이 반지 덕분이다. 고맙다 아쵸푸므자!'

로또 당첨 따윈 개나 주라고 할 수 있을 정도로 기뻤다.

'좋아. 그럼… 이제 어떡한다?'

현재 왼손에 불에 붙어 있었다.

다행히 마법에 사용자 보호까지 있는 건지, 뜨겁진 않았다. 하지만…

– 부, 불난 거 아냐?

– 어떡해?

– 마법 어쩌구 하긴 하던데….

주변 사람들의 이목이 집중됐다. 물을 가져가야 할지, 지켜봐야 할지 고민하는 듯싶었다.

'일단, 끄자.'

방법을 몰랐다.

일단 크기가 작아 오른손으로 덮어봤지만, 손가락 사이로 화염이 솟았다. 원래대로라면 화상을 입어야 했지만, 따뜻하기만 했다.

"안 뜨거워요?"

손을 꾹 누르고 있으니 여자가 걱정스레 물었다.

"딱히."

"멀리 떨어져 있는데도 후끈한데? 이거 봐봐요."

여자가 테이블 위에 있는 티슈를 손에 가져다 대자, 화르륵 하고 순식간에 불타올랐다.

'화염 속성 때문인지, 내가 이 마법 사용자이기 때문인지는 모르겠지만. 일단 나한테는 효과가 없나보군.'

결국 커피에 손을 담가 끌까 싶은 찰나 마법이 끝났다.

"정말 신기해요! 저 이런 거 처음 봤어요."

"나도 처음이니 호들갑 그만 떠쇼. 사람들 다 쳐다보네."

큰 소리를 냈다는 게 부끄러웠는지, 여자는 얼굴을 붉혔다.

여태 관심이 없어 안 봤지만, 이제 보니 꽤 미녀였다.

연예인 정도는 아니었지만, 지나가다 마주치면 뒤 돌아보게 할 정도는 충분할 정도였다.

"미안해요. 마법사는 처음 봐서 구경하고 싶었어요."

"됐소."

지훈은 그 말에 살짝 얼굴을 찌푸렸다.

'처음 보긴 개코가 처음이야. 아까 책 필 때부터 수군거리는 거 다 들렸구만.'

밑바닥 인생을 헤매던 비각성자 시절. 그 어떤 여자도 지훈에게 눈길 한 번 주지 않았었다. 하지만 각성했다는 이유로, 마법을 쓸 줄 안다는 이유로 이렇게 달라붙는다?

속물로밖에 보이질 않았다.

혼자서 빨리 여자를 떼어내야겠다고 마음먹은 순간, 또 다시 목소리가 들려왔다.

– 저 남자 진짜 마법산가봐!

– 아, 내가 먼저 가려고 했는데.

– 그러게 맘먹었으면 빨리 갔어야지, 이 년아.

아까 헌터가 1등 신랑감이네 뭐네 떠들던 여자들이었다.

한 마디로 완전히 헛짚은 거였다.

'그럼 이 여자는 뭔데?'

이해가 되지 않는다는 표정을 짓자 여자가 변명했다.

"그냥 옆자리 앉아 있다가, 신기해서 왔어요. 불쾌했으면 미안해요…."

여자는 풀이 죽어 고개를 푹 숙였다.

그 모습이 시무룩한 강아지 같아 묘하게 귀여웠다.

지훈은 미안한 마음에 애써 수습하려 했다.

"아, 아니 딱히 그런 건 아니고."

"그럼 조금 더 구경해도 되요?"

거절할 이유도 없었다.

"방해만 하지 않는다면."

여자는 고개를 힘차게 끄덕였다.

이후 체내 마력이 고갈될 때 까지 여러 마법을 실험했다.

특히 그 중에서도 '식별' 마법을 배우고 싶었으나, 안타깝게도 아이덴티티의 주문 독점 및 특허로 책에는 실려 있지 않았다.

'그럼 그렇지, 젠장.'

그렇다고 손해만 본 시간은 아니었다.

실험 결과 알아낸 사실이 몇 가지 있었다.

1 – 지훈의 마력은 화속성에 특화되어 있었다.

신체 변이에도 적혀있듯, 현재 지훈의 몸에는 화속성 마나가 흘렀다. 덕분에 불에 관련 된 마법은 쉽게 쓸 수 있었으나, 반대 속성은 쓰기가 굉장히 어려웠다.

2 – 마법 저항시 체내 마력이 소모된다.

백과를 뒤지다 알게 된 사실이었다. 마법 저항시 마력이 소모되기 때문에, 무분별한 남발은 자제해야 했다. 마력을 다 쓸 경우 탈진의 우려가 있었다.

3 – 지훈이 습득한 마법은 '불꽃', '빛', '나무껍질' 이었다.

마력 부족으로 인해 마법을 주 공격 수단으로 쓸 순 없었다. 이에 지훈은 최대한 강화와 변이 학파를 연습했다.

실제로 포미시드가 보조 마법을 바탕으로 엄청난 위력을 발휘한 것을 떠올렸기 때문이었다.

'이제 이 마법들을 전투 중에도 사용할 수 있을 때 까지 수련해야 한다.'

지훈은 생각을 정리하며 남은 커피를 쭉 들이켰다.

"이제 가시려구요?"

"볼 일 끝났소만?"

"가기 전에 할 말 있어요."

고개만 까닥였다.

"다음에 또 마법 보여줄 수 있으세요? 밥은 제가 살께요."

평소라면 단칼에 거절했을 제안. 하지만 오해 때문에 괜한 사람에게 모질게 굴었다는 미안함 때문이었을까?

'위험한 사람은 아닌 것 같으니 상관없겠지.'

겨우 연락처 교환.

연락해 보고 별로라면 그 때 무시해도 됐다.

"번호 좀 찍어주세요."

여자는 최신형 스마트폰을 쑥 내밀었다.

'잘 사는 여잔가?'

슬쩍 집 전화번호를 찍어주니, 여자가 묘한 표정을 지었다.

"유선 전화네요. 핸드폰 없으세요?"

"보다시피. 문제 있소?"

"마법사라 폰 있을 줄 알았거든요. 다른 사람이 받으면 어떡해요?"

"김지훈. 날 찾으면 될 거요. 반갑소."

지훈이 손을 내밀어 악수를 청했다.

여자도 씩 웃곤 그 손을 맞잡았다.

"백시연이에요. 반가워요. 다음에 연락할게요."

◈

지훈은 집에 들러서 글록과 탄환들을 챙겼다.

주섬주섬 짐을 만지고 있자니 지현이 들어왔다.

"오자마자 뭘 그렇게 챙겨?"

컴퓨터를 하고 있었기에 그냥 내버려두려니 했는데, 저쪽에서 먼저 신경이 쓰인 모양이다.

"밥 먹었냐."

"아직. 같이 먹을까 싶어서 기다렸지. 근데 어디 가게?"

"사격장."

"총 연습하게?"

사격이야 자주 해봤으니 문제 될 건 없었다. 포미시드와 싸울 때도 횡이동 하며 트릭샷을 성공하지 않았던가.

단지 확인해 볼 게 몇 가지 있었다.

"그렇지 뭐."

"얼굴 보기가 뭐 그렇게 어려워. 같이 밥 좀 먹고 가."

밥 먹자는 말에 손을 멈췄다.

"뭐냐, 용돈 필요하냐?"

"아이 씨! 내가 무슨 그렇고 그런 사람으로 보여?"

"부정은 못하겠네."

지현이 빼애액 소리를 질렀다.

"아 몰라. 마음대로 해. 짜증나서 진짜."

"야. 재밌는 거 보여줄까?"

지현이 잔뜩 화났다는 표정으로 쳐다봤다. 한 번 더 놀렸다간 바로 욕을 할 기세였다.

"ilutulestik(불꽃)."

화륵!

손에 불이 붙었다.

"으아아! 뭐야, 괜찮아!?"

"내가 붙인 거야. vabastamine(해제)."

블록버스터 영화라도 보듯 지현은 멍하니 서있었다.

"나 그거 알아. TV에서 봤어. 마법이지?"

"응. 나 마법 배웠다."

"대-애-박! 대박! 오빠 진짜 능력자다. 각성자에 마법까지 써? 그런 사람 거의 없잖아! 이제 막 헌팅 길드 취직도 하고 그러는 거야?"

등급이 더 오르면 모를까, 현재로선 길드는 무리였다. 헌팅을 나갈 경우 동료끼리 목숨을 의지해야 할 상황이 많다.

그 와중에 전과 있다면 믿음보다 의심이 앞서겠지. 아마 면접에서 떨어질 확률이 높았다.

"뭐 기회가 되면. 아직은 생각 없다."

"올, 김지훈 출세했네!"

"알면 임금님 모시듯 잘 좀 해라."

"아이고 임금님. 식사라도 대접해 드릴깝쇼?"

"아니. 독 들었을까봐 못 먹겠다."

"와. 진짜 말하는 거 봐."

"됐고, 이리 와봐."

지훈은 배게 밑에 숨겨뒀던 돈을 꺼내 지현에게 몇 장 건네줬다.

"용돈 해. 여태 아낀다고 고생 많았다. 가서 쇼핑도 하고, 맛있는 것도 좀 사먹어."

화낸 게 언제냐는 듯, 지현의 표정이 사르르 풀렸다.

"그리고 이것도 가져가라."

"뭔데?"

50ml짜리 작은 시약병에 녹색끼가 도는 반투명한 액체가 담겨있었다. 만드라고라의 체액으로, 민우가 클럽 갈 때 쓴다고 남긴 걸 뺏어온 거였다.

원래대로라면 양산을 위해 물에 희석 및 다른 화학 약품이 첨가되지만, 그냥 먹어도 문제는 없다고 했다.

"약이야. 하루에 딱 한 방울씩만 먹어."

지현은 바로 손가락으로 찍어 먹어봤다.

"어우, 비려. 냄새가 뭐 이래? 피비린내 나는 것 같아."

"몸에 좋은 거니까 그냥 먹어. 그거 과용하면 절대 안돼니까 많이 먹진 말고."

과용하면 본래 효과인 흥분효과가 돌지도 몰랐다. 지훈은 동생이 만드라고라의 부작용만 얻길 원했다.

"알겠어. 아 근데 진짜 쓰네."

"어렵게 구했으니까 그냥 먹어. 넌 진짜 나한테 나중에 감사하다고 절해야 돼 임마."

"헛소리 그만하고 빨리 가기나 하시죠?"

지훈은 픽 웃곤 장비를 챙겼다.

근래에 들어 농담도 주고받는 모습에 지현의 상태가 많이 나아진 것 같아 기분이 좋았다.

권능의 반지

22화. 마법 사용

NEO MODERN FANTASY STORY

총포상은 동구 중앙에 있었다.

조폭과 뒷거래 트고 총기를 유입한다는 소문이 드는 곳이었지만, 상관없었다.

"지훈 형님 오셨슴까."

가드로 있던 경비가 꾸벅 고개를 숙였다.

"하지마라. 불편하다."

"그래도 형님 아임까!"

"이 쪽 사람도 아닌데 뭔 형님이야. 집어쳐 새끼야."

"히히, 알겠슴다."

왜냐면 다 아는 사람들이었기 때문이었다.

씩 웃는 가드를 뒤로하고 가게 안으로 들어갔다.

가게 안으로 들어가자 온갖 총기와 폭발물들이 널려있었다.

그 모습이 총기소지 금지 국가인 한국과는 동떨어져 보여, 꼭 영화 속으로 들어오기라도 한 기분이 들었다.

그 외에도 흐릿한 안개마냥 담배 연기가 자욱했는데, 마치 초행자를 무르기라도 하듯 위험한 냄새가 났다.

성큼 움직여 안개의 근원지로 향하자, 대머리 남자가 시가를 피우고 있었다.

"하이고. 글록만 들고 다녀서 오래 못 살 줄 알았는데."

"승호. 잘 지냈냐?"

"네가 금룡 쪽 애들 처리해 주고 나선 쭉 편하지."

대머리, 승호가 시가를 쭉 빨았다가 내뱉었다.

연기에서 미약한 버섯 냄새가 났다.

"두르? 요즘엔 세놉하고 그게 유행이라던데. 맛 좋나보지?"

"약해, 약해. 그냥 입맛에 맞아서 피는거야. 그나저나 뭔 일로 오셨나?"

"사격장 좀 쓰자."

사격장 좀 쓰자는 말에 승호가 머리 위로 물음표를 띄웠다.

"백발백중인 양반이 뭔 사격장을 쓴다고 그래?"

"위력 확인 좀 해보려고."

"그러던가."

승호는 고개를 끄덕이곤 '막내야!' 하고 소리를 질렀다.

문이 쾅 열리며 밖에 있던 가드가 들어왔다.

"지훈이 사격장 쓴다니까 옆에서 시중 좀 봐줘라!"

"옛습돠."

지훈은 대충 AK로 보이는 물건과 K2를 챙겼다. 순간 무게를 생각해 기관단총도 생각해 봤지만, 그만뒀다.

'9mm로는 안 돼.'

탄두 자체는 5.56mm나 7.62mm 보다 컸으나, 문제는 탄약의 길이가 짧다는 거였다. 이는 곧 총알 내에 작약이 적게 들어간다는 얘기였고, 그만큼 위력이 반감한다는 얘기였다.

게다가 탄두 모양도 원뿔형이 아닌 원형이어서 타 탄환에 비해 관통력도 좋지 못했다.

'5.56mm나 7.62mm를 써보자.'

사격장으로 들어가자 칸막이로 나뉜 사로가 보였다.

대충 가까운 곳으로 가 귀마개를 뒤집어썼다.

"막내야, 가서 폭발탄환 써도 되냐고 물어봐."

막내가 나간지 10초도 안돼서 폭풍이 휘몰아쳤다.

– 미친 새끼야, 그걸 어떻게 실내에서 쏴!

"여기 말곤 쏴볼 대가 없어서 그래. 네가 이해해라."

– 안 돼! 이 개…

"고맙다."

문 밖으로 승호가 달려오는 소리가 들렸다. 개의치 않고 적당히 멀리 있는 인간형 표적을 겨냥하곤…

'대강 5M? 안전하겠네.'

타- 스으읍! 앙! 콰아앙!

바로 눈앞에서 화마가 휘몰아쳤다.

조금만 더 가까웠다면 눈썹이 전부 그을릴 정도였다.

"엄청나네."

저딴 걸 머리에 맞았으니 그 단단하던 포미시드가 터져 나간 것도 이해가 됐다.

'살아남은 나도 대단하군.'

혀를 내둘렀다.

그나마 방패에 엄폐를 했으니 밀려나간 걸로 끝났지 아마 직격했다면 지훈도 포미시드 꼴이 났을 터였다.

게다가 재생이 없었다면 온몸에 화마가 남긴 상처가 수두룩 했을테도 말이다.

감탄하고 있자니 문이 벌컥 열리며 욕이 날아왔다.

"이 족방새야!"

"튼튼하게 잘 지었네."

"그딴 걸 실내에서 쏘면 어떡해!"

"안 무너졌으면 됐지. 보니까 저 표적지 말곤 망가진 것도 없어 보이네. 배상하지 뭐."

뭔가 불편해 보이는 승호였지만, 배상이라는 말에 일단 얼굴을 누그러뜨렸다.

"진짜 섬 짱깨 새끼들 때 도와준 것 때문에 참는다!"

"걱정하지 말고, 가서 가게나 봐. 카운터 비웠다가 엄한 놈이 총 훔쳐서 총기난사 때리면 어쩌려고 그래?"

호랑이 앞에 두고 이리 걱정하라는 말에 승호에 어이 없다는 표정을 지었다.

탕-!

타타탕-!

타타타타타탕-!

"표적 좀 끌고와."

전자동 시스템이 없는 사격장이었기에, 막내가 후다닥 달려 표적을 가져왔다.

표적은 중세시대 기사마냥 갑옷을 입고 있는 마네킹이었다.

F급 아티펙트였는데, 승호 말에 의하면 폐품(신원미상 시체에서 얻은 물건)을 사격 시험용으로 달아 뒀다고 했다.

그 까닭인지 지훈이 쏜 흔적 외에도 여기저기에 구멍이 뚫려 있었다.

"새로 생긴 구멍 있냐?"

"없습다."

"여기 OTN(오스테나이트)탄 있냐?"

"불법이라 각성자 물품 거래소나 암시장 가셔야…."

"되도 않는 구라 그만치고 가져와라."

– 탕!

5.56mm와 7.76mm OTN 탄으로 쏘자 F급 아티펙트에 구멍이 숭숭 뚫렸다. 반면 9mm OTN탄으로 쐈을 때도 뚫리긴 했지만, 가끔씩 탄이 깨지기도 했다.

'그럼 그렇지.'

금속 자체는 F급 아티펙트를 뚫을 수 있는 강도를 지녔지만, 속도와 탄두 모양 때문에 힘이 부족했다.

몇 번 정도 사격을 한 뒤, 총을 결정하기 위해 승호 앞에 섰다.

"그래서 총을 결정하셨나?"

"고민은 하고 있지. 추천할 거 있나?"

"SO80 어때."

SO80은 영국군의 제식소총으로, 참 애매하기 짝이 없는 소총이었다. 소총으로서의 성능은 그럭저럭 뛰어나나, 문제는 안정성과 신뢰도였다.

격한 움직임에 탄알집이 빠지는 것은 물론이오, 결합 불량, 격발 불량은 보너스며, 심심하면 걸리는 탄은 정말 사용자를 돌게 만들었다.

시가전에서도 신뢰도 때문에 덜덜거리는 총을 험한 지형을 돌아다니는 헌터한테 추천한다?

죽으라는 얘기였다.

"대가리에 마력탄환 하나 박아줄까?"

"농담이야. 요즘 코쟁이들 물건 좋다. 빈토레즈 어때."

"처음 듣는 총인데?"

빈토레즈는 러시아의 반자동 저격소총으로, 짧은 사정거리(500M)를 가졌으나 절륜한 위력을 가진 총이었다.

게다가 소음기 일체형이기 때문에 은밀 기동에도 좋았고, 스코프도 달려 있어 중거리도 커버할 수 있었다.

그리고 무엇보다…

"총알이 죽여줘. 9x39mm 아음속탄(음속보다 느림)을 쓰는데, 소닉붐 안 터져서 엄청 조용해. 그리고 구경이 커서 방탄복 따위 잘근잘근 씹어 먹는다고."

권총탄(파라블럼탄)과 같은 9mm 라지만, 총알 길이와 탄두 모양이 달랐기에 위력에 큰 차이가 있었다.

"OTN탄 있어?"

"에이, 알잖아. 불법이라고. 쏘는 건 되도 파는 건 안 돼."

"좋다. OTN탄으로 쏘면 어떨 것 같냐."

"E급까진 그냥 관통. 섬 짱개랑 싸울 때 쏴봤다."

저 말에 몇 번 정도 사격해 본 결과 대만족이었다.

바로 구입했다.

총 자체는 굉장히 가벼웠으나 서비스로 받은 탄환 박스가 굉장히 무거웠다. 그래도 총 무게로 상쇄 될 정도였기에 별 문제는 없었다.

'이 정도면 총 때문에 고생할 일은 없겠군.'

저번에 만났던 포미시드 같은 녀석만 아니라면, 이제 웬만한 녀석들은 전부 총으로 처리할 수 있게 됐다.

◈

시간이 흘러 헌팅 계획을 세우기로 한 날이 찾아왔다.

칼콘과는 밤에 만나기로 했기에 잠시 쉬는 중 민우에게 전화가 왔다.

"오빠, 전화!"

"뭔 아침 댓바람부터 전화야. 나 영화 보느라 바쁘다. 나중에 전화하라고 해."

"민우라는 사람인데, 중요한 일이래."

영화를 포기하고 자리에서 일어섰다. TV로 봤기에 일시 정지가 불가능했기에 살짝 짜증이 났다.

'뭔 일인데 저래.'

나쁜 기분이 그대로 목소리를 타고 나왔다.

"뭐."

"그동안 잘 지내셨습니까?"

"비싼 돈 내고 지구에서 전화하진 않았을 테고. 너 이 새끼 지구 안 가냐?"

"예. 그냥 세드에 있기로 했습니다."

"갑자기 왜 또. 가서 학교나 다녀. 남 뒤통수 칠 생각 하지 말고 새끼야."

"저도 팀에 껴 주십시오."

정신이 멍 해졌다.

마법 맞고 총 난사해서 코앞으로 총알 날아간 게 생각났기 때문이었다. 게다가 전투 능력도 거의 없다고 봐야 옳았고, 그런 주제에 동료애까지 없었다.

– 그냥 버리고 가요! 챙기다 다 죽는다고요!

일 끝난 뒤 개미밥 되라고 숲에다 놓고 오려다 차마 이블 포인트 때문에 그러지 않았지만, 참 문제가 많은 녀석이었다.

"집에 가라. 어머니가 걱정하신다."

"몬스터 아웃브레이크 때 돌아가셨습니다. 가봐야 기다려 주는 사람도 없구요."

같은 경험을 해 봐서 그런지, 입 안이 썼다.

"학교는?"

"이미 휴학계 제출 했습니다."

전화기 너머로 쉽게 포기하지 않겠다는 다짐이 느껴졌다.

뜯어 말려봐야 듣지도 않을 테고, 싫다고 거절했다간 이상한 팀 들어갔다가 얼마 못 가 죽을 게 분명했다.

어떡해서든 잘 설득해 보려 했지만, 민우는 굳건했다.

한 공안 전화를 사이로 긴 실랑이가 벌어졌다.

"열심히 하겠습니다! 짐이 되지 않겠습니다!"

한숨을 푹 내쉬었다.

'갖다 버리자니 엄한 곳 가서 뒤질 것 같고, 데리고 다니자니 못마땅하다. 계륵이야.'

"너 하는 꼬라지 보니까 돈 많이 못 주겠다. 괜찮냐?"

"저도 제가 잘못한 거 알고 있습니다. 적게 받겠습니다."

지훈이 괜찮다고 하면 칼콘은 분명 자동 승낙이 분명했다.

고민하길 잠시.

아직 다음 일이 정해지지도 않았기에 얘기 정돈 들어봐도 괜찮다고 판단했다.

"됐고, 얘기나 한 번 해보자. 시체 구덩이로 나와."

이후 칼콘에게도 전화를 돌린 뒤, 시체 구덩이로 향했다.

◈

"그렇다는데. 어떻게 할래?"

"나는 딱히 상관없는데."

칼콘은 별 반응이 없었다.

그가 알고 있는 건 현상금을 독차지 하려고 했었던 것뿐. 버리고 가자거나, 골골댔던 건 몰랐다.

"너 쓰러졌을 때 저 새끼가 버리고 가자고 그랬었어."

멱살잡이해도 충분했을 말임에도, 칼콘은 시큰둥했다.

"둘 다 죽을 상황이라면 하나는 살아야지. 동료라면 모를까 남으로썬 맞는 선택이라고 봐. 나도 지훈이 쓰러졌으면 챙겼겠지만, 저 녀석이 쓰러졌으면 버리고 갔을걸?"

"어쨌든 그래서 상관은 없다?"

긍정적인 대답이 돌아왔다.

“동료는 몰라도, 동행은 괜찮아.”

“나도 칼콘이랑 똑같아. 솔직히 아직도 민우 네가 못마땅하다. 정보만 아니었으면 여기에 부르지도 않았어.”

“꼭 제 몫은 다 하겠습니다.”

결국 민우가 합류하기로 결정됐다.

비록 아직까진 신체능력, 멘탈 둘 다 약했지만 세드에 대한 지식이 있어 분명 도움이 될 터였다.

“어쨌든 그 외에도 할 말이 있어. 다음 일에 관해서야.”

“아직 돈 남았잖아?”

“사나이 부랄 달고 태어났으면 배포를 크게 가져야지. 어떻게 계속 하루 벌어서 하루 사냐.”

저번 의뢰로 동년배 일 년 연봉을 그냥 벌었음에도, 돈이 부족했다. 지현 치료비 때문이었다.

지현이 앓고 있는 병은 안타깝게도 현대 의학기술이 닿지 않는 마법의 영역이었다. 그에 따라 마법치료를 받았어야 覊는데, 그 가격이 미친 듯이 비쌌다.

‘근래엔 약이 들어가서 좀 괜찮아 보이지만, 언제 다시 아플지 모른다.’

지금이야 평화로웠지만 지현이 약에 내성이 생기면 그것도 끝이었다.

모레로 지어놓은 이 평화가 무너지기 전에 지현의 병을 고쳐놔야 했다.

“싫다면 빠져도 좋다. 난 아이덴티티에 외마연(외부 마법 연구원)으로 서류 내면 돼.”

“아이덴티티? 지훈 마법 쓸 줄 알아?”

“Koor puu(나무 껍질).”

설명할 것 없이 한 번 보여줬다.

영창이 끝나자 피부 위로 두꺼운 나무껍질이 돋아났다.

움직이기엔 답답했지만 그만한 보호를 제공했기에 퍽 유용한 마법이었다.

룸 안에 칼론과 민우의 오~ 하는 소리가 울렸다.

“어쨌든. 난 목숨 빚 갚기 전까진 지훈 항상 따라갈 거니까 걱정하지 마. 게다가 이번에 빚 하나 늘었으니, 벌써 두 개라고.”

“그럼 이제부터 일을 정하자. 그 다음 그에 맞는 장비를 구입하러 갈 거야.”

대강 할만한 일들을 테이블 위로 늘어놨다.

권능의 반지

23화. 빈토레즈와 민우

NEO MODERN FANTASY STORY

테이블 위로 용병 게시판 광고지, 헌팅 길드 모집 공고, 국가 주선 대규모 헌팅 지원서 등 많은 전단지가 흩어졌다.

의견을 주고받으며 회의한 결과, 대강 몇 가지로 추려졌다.

1 - 실종자 수색 (용병). 그가쉬 클랜과 겐포 부족의 지역 국경에서 지질학자가 실종됐다. 이를 조사하라.

2 - 맥들킨토 사냥, 정찰대 모집 (길드). 한국 유명 헌터 길드인 백송(白松)에서 거대 몬스터인 맥들킨토 사냥을 위한 정찰대를 모집하고 있다.

3 - 소말리아 파병 (국가). 이집트, UN 평화유지군을 도

와 소말리아로 파병을 간다. 적은 오우거들의 국가로, 몬스터 브레이크 아웃 후 무정부 상태인 소말리아를 찬탈했다.

"1번이 제일 나아 보이네요."

"동감이야."

"사실 나도 그 생각 하고 가져왔어."

2번의 경우 말이 정찰대지 소모인력을 구한다고 봐야했다.

특히 맨들킨토면 칼날 정글에 사는 몬스터인데, 발 한 번 삐긋하면 바로 저세상으로 가는 곳이 칼날 정글이었다.

3번은 보수가 좋을진 몰라도, 그 만큼 엄청나게 위험했다.

현재 소말리아엔 100발 이상의 핵폭탄이 터졌고, 범위 마법이 잔뜩 전개된 탓에 마법 오염까지 진행된 상태였다.

세 발자국만 걸어도 방사능과 마법 오염에 버무려 진다는 농담이 나돌 정도였다.

게다가 오우거들 역시 일반 탄환으론 상처 하나 입힐 순 없었기에 날마다 사상자가 쏟아져 나오는 판국이었다.

오우거 각성자들이 탱크를 짓밟고 다니는데 어찌 제압한단 말인가?

"그리고 더 할 말이 있는데, 사실 이번에도 식물 정보를 가져왔습니다."

만드라고라 때 그 고생을 하고 또 식물이라?

지훈과 칼콘의 눈이 동시에 초승달을 그렸다.

“1번 의뢰 쪽 가는 길에 귀한 약초가 있습니다. 뼈살이꽃이라고, 온몸의 뼈를 재생시켜주는 꽃입니다. 시간이 된다면 같이 해도 좋을 것 같아요.”

일종의 서브 퀘스트 같았다. 여유가 된다면 챙겨오고, 힘들다면 무시해도 되는 그런 일 말이다.

“이번엔 정확하냐?”

“예. 확신합니다.”

“저번에 포미시드하고 환각 때문에 골로 갈 뻔 했던 거 기억나지? 내가 그거 생각하면 지금도 자다가 벌떡 깬다.”

“그, 그래서 집에 인터넷 연결해 놨습니다.”

인터넷이란 말에 지훈과 칼콘의 입이 쩍 벌어졌다.

휴대폰만 해도 마력전지 충전해서 쓰는 마당에 인터넷이라니? 월에 이백은 가볍게 나올 정도로 비쌌다.

‘저 새끼, 저거 제대로 각오했네.’

“그러니 이제 정보 부족으로 고생하는 일은 없을 겁니다.”

“저렇다니까 한 번 시간 나면 해보자고. 어차피 용병일 하느라 바쁘면 생각도 못 할 거야.”

임무가 결정됐기에 일행은 바로 자리에서 일어났다.

“의뢰 받으러 가자. 장비는 얘기 듣고나서 산다.”

◈

셋이 나란히 용병 길드로 향했다.

"어서오세요."

인포메이션 데스크에서 예쁘게 생긴 여직원이 상큼한 미소로 고개를 꾸벅 숙였다.

"이 일 좀 하고 싶은데."

용병 공고를 건네자 여직원이 컴퓨터를 두들겼다.

"아직 자리 있네요. 용병 등록은 해 놓으셨나요?"

이름과 용병 번호를 불러줬다.

"일반인이시네요. 이 공고는 각성자 전용 임무인데…."

"아, 깜빡했네. 나 각성했소. 스캔 해 보쇼."

데스크에서 리더기 비슷한 물건이 튀어나왔다.

저번에 각성자 등록을 했을 때 봤던 물건이랑 비슷했는데, 기계 후면에 BOSA라고 적혀 있었다.

"잠시 스캔하겠습니다."

상품 찍듯, 붉은색이 지훈을 위에서 아래로 슥 훑었다.

– 삐빅, 삑!

등급 : D 등급

근력 : E 등급

민첩 : E 등급

저항 : E 등급

마력 : E 등급

이능 : F 등급

잠재 : 오류

9티어라. 조금만 노력하면 C티어가 됨에도, 측정기엔 D 등급 이라고 찍혀 있었다.

여직원은 결과를 보고 살짝 놀란 표정을 지었다.

지훈이 용병 등록을 한 게 2년 전인데, 그 말은 곧 2년 만에 일반인이 D등급 각성자가 됐다는 뜻이었다.

보통 등급 하나 올리는 데 평균 1년 반이 걸린다는 걸 봤을때, 엄청난 변화가 아닐 수 없었다.

"대단하시네요. 등급도 등급인데 마력이… 혹 마법사세요?"

"쓸 줄은 아닌데 뭐 그렇게 거창한 건 아니고."

"그럼 어떤 종류로 등록해 놓을까요?"

"그냥 일반 각성자로 해 놓으쇼."

"범죄 전과 있으시네요?"

각성을 했다고 전과가 없어지는 건 아니었기에, 슬쩍 입술만 물었다.

"아니까 그냥 올려놓으쇼. 지들이 알아서 선택하겠지."

"예, 알겠습니다."

등록 절차가 끝나자 여직원이 의뢰자와 약속을 잡아줬다.

보통 연락을 주고받기 위해 하루에서 이틀 정도 시간이 소요되는 게 보통이었다. 하지만 사안이 사안인 만큼, 연락 받자마자 의뢰인이 총알같이 나타났다.

"다, 당신들이 그 용병이오?"

의뢰인은 반백의 중년이었다.

철지난 갈색 체크무늬 양복에 낡은 서류 가방을 맨 모습이, 사업가보단 학자에 가까워 보였다.

굉장히 다급했는지 통성명도 없이 바로 설명이 시작됐다.

"공고지에 나와서 대충 알 거라 짧게 설명하겠소."

예상대로 그는 지질학을 전공하는 교수였다.

연구를 위해 세드를 방문했으나, 연구 중 그가쉬 클랜(버그베어)와 겐포 부족(고블린)의 분쟁에 휘말렸다고 한다.

"빌어먹을 노벨상. 그 딴 게 뭐라고… 난 내 조교를 버리고 올 수 밖에 없었소."

– 교수님, 사, 살려주세요!

– 버리고 가지 말아요!

"보디가드가 있었으나 전부 쓸모없었소…."

끔찍한 기억이 되살아났는지, 교수는 울먹이며 얼굴을 쓸어내렸다.

"참 딱하게 됐구만. 그래서 보수는 얼마나 줄거요?"

"2억. 3명 다 무사히 데려오면 전부 주겠소. 원래 연구비로 받은 거지만 지금 그딴 게 뭔 소용이오!"

2억이라는 말에 슬쩍 민우와 칼콘과 눈빛을 교환했다.

- 어쩔래.

- 꽤 큰돈인데요?

- 갔는데 다 뒤졌으면 한 푼도 못 받는 거야.

맞는 말이었다.

일단 조교 3명이 얼마나 방치됐는지를 알아야 했다.

"언제 실종됐소?"

"어제. 정확하게는 어제 새벽 2시."

대충 하루 하고도 반나절이 지난 시간이었다.

"칼콘. 버그베어 좀 알아?"

"그가쉬 클랜이면 아는 얼굴이 있긴 해."

역시 세드 출신인지 지인이 있는 모양이다.

"근데 걔네 식인 하는 애들이라 살아있을지는 장담 못해."

칼콘은 이후 교수에게 일행 중 여자가 있냐고 물었다.

"이, 있소. 두 명."

"그럼 살아있을 가능성은 아주 조금이나마 있어. 여자는 바로 먹지 않거든."

저 말이 뭘 뜻하는지 알았기에 교수의 낯빛이 순식간에 어두워졌다.

"제발! 제발… 좀 도와주시오… 이 의뢰를 받으려는 자들이 아무도 없소."

"거 생각 좀 합시다. 이런다고 달라질 거 아무것도 없소."

솔직히 난이도 대비 보상이 턱 없이 부족했다.

전쟁터에 기어 들어가서 사람 데려오는 것도 엄청나게 힘든 일인데, 그 와중에 누구 하나 죽으면 보상이 깎인다.

'이러니까 다들 안 하려고 하지. 쯧.'

게다가 고블린과 버그베어라면 타 종족에 굉장히 배타적인 녀석들이었다.

영토에 굉장히 민감한지라 통과조차 거부하기 일쑤였다.

그런 녀석들이 전쟁하는 곳에 들어간다?

백이면 백, 말보다 총알이 먼저 날아온다.

"돌았구만. 도대체 뭐한다고 전쟁터에 기어들어 간 거요?"

"거기에 신금속이 묻혀있었소. 아직 학회에 발표되지 않은 신금속 말이오. 그것만 확보할 수 있으면…."

신금속. 종류에 따라 조 단위 돈이 흐를 수도 있는 얘기였다. 하지만 그래봐야 저건 경제 전체로 봤을 때 얘기.

지훈과는 거리가 멀었다.

"제발 좀 부탁드리겠소! 내 조교들을 부탁하오. 혹시 못 찾았다면… 시체나 소지품이라도 찾아 주시오. 장례라도 치러야 할 거 아니요."

어지간히 급했는지 교수는 선금으로 천만 원을 건넸다.

'어쩐다.'

슬쩍 남은 둘의 의견을 살폈다.

칼콘이야 아는 얼굴이 있다니 별 문제 없다는 듯 보였고, 민우는 뼈살이 꽂이 있으니 시도나 해보자는 눈치였다.

"해보겠지만, 장담은 못하오. 가서 시체도 못 건졌다고 해서 선금도 도로 토해내지도 못하고."

"맡아만 준다면, 그런 것 상관 없소!"

"하겠소."

고개를 푹 숙이는 교수를 뒤로하고, 일행은 용병 길드 밖으로 나왔다.

"이거 일이 꽤 급해 보이니까, 최대한 빨리 장비 마련하고 출발하자."

"알겠어. 나도 이참에 새 물건이나 사볼까."

"저는 이럴 줄 알고 장비 미리 사놨습니다."

의외의 인물에게서 의외의 결과가 나왔기에 흥미로웠다.

"그럼 민우는 내버려 두고 우리 거 구하자."

각성자 물품 거래소로 향해 각자 원하는 물건을 구매했다.

지훈은 저번에 불타버린 방탄복을 대신할 방어구와 수류탄을 구입했다.

칼콘은 총보단 근접전이 좋은지 E급 무기를 마련했다.

"그럼 어디 장비나 한 번 확인해 볼까."

[현재 지훈의 장비]

무기.

여왕의 은혜 (C등급 아티펙트. 마법 강화 창)

글록 19 (마력 탄환 10발. 소음기, 레이저 사이트 부착)

빈토레즈 (OTN탄 100발, 소음기, 조준경 자체 부착)

방어구.

방탄 외투 (E급 아티펙트, 위장색 도색) (구입. 3000만원)

방탄모 (F급 아티펙트, 위장색 도색) (구입. 700만원)

전투용 워커 (일반 물품)

건틀렛 (일반 물품)

기타.

섬광탄 1개

세열 수류탄 1개

구조대 호출용 휴대전화

[칼콘의 장비]

무기.

전투용 메이스 (E급 아티펙트) (1500만원)

MP5 (OTN탄 90발. 소음기 부착.)

방어구.

사슬 갑옷 (일반 물품)

방탄모 (F급 아티펙트, 위장색 도색) (700만원)

가시 달린 그리브와 뾰족한 강철 신발 (일반 물품)

접이식 방패 (중간 크기, F급 아티펙트)

[민우의 장비]

무기.

MP5 (OTN탄 60발. 소음기 부착.)

방어구.

보호경 (일반 물품)

방탄모 (일반 물품, 도색 없음)

방탄복 (일반 물품, 도색 없음)

운동화 (일반 물품)

정리하자면…

지훈은 저번에 비해 월등히 장비가 나아졌다.

생활비로 쓰고 남은 돈을 거의 다 투자했거니와, 저번에 죽을 위험을 넘었기에 장비가 얼마나 중요한지 깨달았기 때문이었다.

칼콘은 갑옷에 방탄모를 쓴 우스꽝스런 모습이 됐다.

하지만 E급 메이스와 F급 방패가 있기에 접근 하면, 월등한 신체능력을 바탕으로 뛰어난 백병전을 보여줄 것 같았다.

민우는 방탄복과 방탄모를 준비했다.

둘에 비하면 초라해 보였지만 최소한 눈먼 총알에 죽진 않으리라.

"그럼 장비 챙겼으면 출발하자. 갈 길이 멀다."

24화. 그 놈의 노벨상이 뭐라고

고민 결과 차량은 장갑이 붙어있는 SUV로 정해졌다.

현재 목적지는 두 종족 사이에 국지전이 발생하는 장소였다. 일반 차량 끌고 갔다간 벌집이 될 수도 있었다.

"길은 알아?"

분명 칼콘이 스쳐 지나듯 아는 얼굴이 있다고 했었다.

"러시아 쪽 고속도로 타다 리뱃으로 나가서 가시산맥으로 올라가야 해."

현재 한국 개척지와 러시아 개척지 사이의 거리는 고속도로로 24시간 정도 밟으면 도착할 수 있는 거리였다.

그 넓디 넓은 고속도로 사이엔 여러 휴게소와 톨게이트가 있었는데, 티그림과 리뱃은 그 중 하나였다.

"그냥 오프로드로 가지 왜 고속도로 타요? 비싸잖아요."

"우와. 대단하다. 내가 왜 여태 그 생각을 못했을까?"

"그러게 말이다. 헌터들은 다 머저린가보다, 비싼 돈 내고 고속도로 타고. 그렇지?"

지훈과 칼콘이 동시에 과장된 몸짓으로 픽 웃었다.

"비, 비꼬시는 거죠?"

"당연하지."

아무리 개척지 주변이 정리됐다지만, 그건 '치명적인 위협 요소' 만 배제해 놨다는 말이었다.

온갖 알 수 없는 동식물과, 동맹이 체결되지 않은 이종족, 강도 등 수 없이 많은 위험이 득실거렸다.

"가다가 켄타우로스 강도 만나면 그냥 죽는거야."

그 중 제일 위험한 게 바로 켄타우르스 강도였다.

운전수를 고용해 트럭을 몰고 다니는데, 트럭에 타고 있다가 목표가 보이면 우르르 내려서 활과 창을 던져댔다.

맨 다리로 70~80km로 달리며 계속 쫓아오니 걸렸다 하면 죽었다고 봐야했다.

"종족 동맹은요?"

"걔네는 씨족 단위로 움직여서 종족 대표가 없어."

몇몇 씨족은 가까운 개척지 혹은 도시들과 동맹을 맺기도 했지만, 그 동맹이 지켜지는지는 미지수였다.

"그냥 고속도로 타야겠네요."

괜히 다들 비싼 돈 내가며 고속도로 타는 게 아니었다.

"수다는 그만 떨어. 도착하려면 4시간 정도 남았는데 좀 쉬고 있으라고."

칼콘은 엑셀에 발을 얹으며 말했다.

부르릉! 덜컹!

"아, 운전 좀 살살해!"

칼콘이 운전을 가라로 배워서인지 차가 심하게 요동쳤다.

"아냐. 원래 말도, 차도 좀 흔들려야 제 맛이라고!"

더욱 가속하는 칼콘을 보며, 지훈은 조심스럽게 안전벨트로 손을 가져갔다.

아직 꽃다운 인생 다 펴보지도 못했는데 교통사고로 어이없게 죽고 싶진 않기 때문이었다.

◈

리뱃은 광산 도시였다.

거주 인구가 만 명도 되지 않을 정도로 작았으나, 자원을 채취하는 장소이니만큼 활기가 넘쳤다. 일행은 이곳에 잠시 내려 볼 일을 본 후 다시 길에 올랐다.

이번엔 고속도로가 아닌 비포장도로였다. 아직 개척이 진행되지 않은 곳엔 도로가 없기 때문이었다.

덜컹! 덜컹!

창문 밖으로 주변을 경계하던 민우가 토할 것 같다는 표정을 지었다.

"얼마 안 남았어. 참아."

◈

3시간 정도 더 달리자 일행은 가시산맥 앞에 도착했다.

이름대로 보기만 해도 위험해 보이는 가시가 잔뜩 돋친 나무가 끝도 없이 펼쳐졌다.

"저길 들어가자고요? 옷 다 찢어지겠는데?"

"버그베어들 다니는 샛길 있어. 그 쪽으로 가자."

칼콘은 산 둘레를 타고 빙 돌았다.

금세 바위가 X자로 교차된 곳을 발견할 수 있었다.

멀리서 봤을 때는 그늘과 나무들에 가려 아무것도 보이질 않았지만 가까이 가보니 차 두 대가 지나갈 수 있는 널찍한 길이 보였다.

"이 쪽으로 쭉 가면 그가쉬 클랜으로 갈 수 있을 거야."

칼콘은 바로 샛길로 차를 몰았다.

누군가 일행을 바라보고 있다는 사실도 모르고 말이다.

◈

치직.

"샛길 출구. 인간 물건으로 보이는 차량 발견."

치지직- 치직.

"인원은?"

치직.

"알 수 없음. 무장 차량 한 대. 최대 6명."

치지직- 치직.

"지뢰 매설 지역까지 가도록 대기. 이후엔 명령에 따르라."

치직.

"알겠음."

◈

타-앙

집중해야 간신히 들릴 정도로 작은 총소리가 들렸다.

일행은 그 소리에 점점 전쟁터로 가고 있음을 실감했다.

"근데 샛길이면 누군가 있어야 하는 거 아니에요?"

"아냐. 보통 클랜 입구에 문지기가 있었어."

보통은 그랬다.

전시 말고.

쾅!

폭음과 함께 차가 반 바퀴 돌았고,

쿵!

뒤집어졌다.

비명 지를 새도 없었다.

그나마 다행인건 위력으로 보아 대전차 지뢰가 아닌 대인지뢰라는 사실 정도일까?

"씨발. 뭐야!"

안전벨트를 하고 있던 지훈만 충격에서 무사할 수 있었다.

칼콘과 민우는 폭발 당시 천장에 머리를 박았는지, 둘 다 늘어져 있었다.

"일어나, 기절하면 뒤진다고!"

흔들어 깨워봤으나 일어나질 않았다.

어떻게 할까 고민하려는 찰나…

덜컹!

차문이 덜컥 열리더니 털이 수북한 손이 보였다.

"으허억!"

손이 민우를 끌고 갔고, 다음으로 칼콘을 끄집어냈다.

그 사이 지훈은 안전벨트를 해제한 뒤 곧바로 차 밖으로 빠져나왔다.

"껴어?"

곰 같은 뾰족한 귀에 앞으로 툭 튀어나온 하관에 비정상 적으로 발달한 승모근이 특징인 종족, 버그베어가 보였다.

"저 인간 잡아!"

말이 끝남과 동시에 가까운 버그베어가 달려들었다.

못이 잔뜩 박힌 곤봉을 들고 있었다. 한 방이라도 맞았다간 그대로 뼈가 가루가 될 것 같았다.

후웅!

'이런 썅!'

채 자세도 잡지 못한 상태에서 곤봉이 떨어졌다.

이대로 있다간 맞을 게 분명했기에 바닥을 굴러 피했다.

쿵!

방금 전 서 있던 곳에 곤봉이 꽂혔다.

지훈은 그 시간을 이용해 재빨리 일어나 글록을 꺼냈다.

"총! 총이다!"

총을 알아보는 걸 보니 일이 쉽게 풀릴 예감이 들었다.

'어디 야만인 새끼들이 겁도 없이…!'

"총 꺼내!"

물론 주변 버그베어들이 일제이 총 꺼내기 전 까지만.

'빌어먹을 무기상인 새끼들… 도대체 군소 집단한테 뭐 빨아먹을 게 있다고 총을 팔아!'

속에서 부화가 들끓었다.

"총 내려."

버그베어 중 대장으로 보이는 녀석이 말했다.

"개소리 집어 치워."

"죽이고 싶지 않다. 총 내려."

"너희나 총 내려, 이 야만인 새끼들아!"

버그베어 대장이 이를 드러내며 킥 하고 웃었다.

"숫자 차이가 이만큼 나는데, 우리가 왜?"

"여기 폭발탄환 들어있다."

버그베어 대장의 표정이 순식간에 굳었다.

현재 버그베어들은 지훈 일행을 제압하기 위해 바싹 붙어있는 상태였다.

"움직이지 마, 새끼들아!"

덤으로 대화하는 사이 수류탄도 하나 꺼내들었다.

"거짓말. 거기 진짜 폭발탄환이 들어있을까?"

버그베어 대장은 믿을 수 없다는 듯 물었다.

"목숨 걸고 도박 한 번 해봐. 그럼 알 수 있을걸?"

최대한 시간을 끌어야 했다.

현재 지훈은 폭발 반경을 계산하고 있었다.

잘 못 쐈다가 칼콘이나 민우가 휩쓸렸다간 큰일이 나기 때문이었다.

'일단 바로 앞에 있는 버그베어한테 한 발 쏘고, 밀려나는 사이에 수류탄을 던진다.'

차 위에 정확히 올려놓을 수 있다면, 바닥에 누워있는 칼콘과 민우는 비교적 안전할 터였다.

"진정해. 일단 그거 내려놓고 얘기하자고."

"대화를 원했으면 애초에 매복하지 말았어야, 씨발!"

믿을 수 없는 제안이었으므로, 바로 방아쇠를 당겼다.

아니, 당기려고 했다.

"형님. 얘 칼콘인데요?"

◈

버그베어들은 지훈 일행을 마을로 안내했다.

그가쉬 클랜은 가시산맥 중턱에 자리 잡고 있었는데, 3M는 족히 되어 보이는 목책이 인상적이었다.

그 모습이 마을이라기 보단 요새처럼 보였다.

"미안하다. 아는 사람일 줄 꿈에도 몰랐다."

"그딴 짓 해놓고 사과 한 마디로 퉁 치게?"

안내하던 버그베어의 얼굴이 살짝 찌그러졌다.

위험한 기류를 눈치 챘는지 칼콘이 끼어들었다.

"에헤헤, 좋게 끝났으면 됐지 뭘 그래. 진정해, 지훈."

"쯧."

침을 퉤 하고 뱉자, 침에 피가 섞여 나왔다.

차가 뒤집혔을 때 볼을 씹어서였다.

"그래서 여긴 온 목적이 뭐지? 전쟁 중인 곳에 거래나 관광을 목적으로 오진 않는다."

"어떤 정신 나간 머저리가 버그베어 군락에 관광을 와? 물건 다 털리고 고기 될 일 있어?"

버그베어는 더 이상 못 참겠는지 이를 뿌득 갈았다.

"칼콘만 아니었으면 넌 이미 시체가 됐을 거다, 인간."

지훈 역시 불만이 많았기에 물러서질 않았다.

"말이 기네. 덤벼."

매고 있던 창을 들자, 버그베어도 투박한 검을 꺼냈다.

"뭐 하는 거야. 지훈, 가벡 그만해!

채 칼콘이 말리기도 전에 둘이 무기를 휘둘렀다.

훙!

투박한 검과 매끄러운 창이 곡선을 그려 부딪쳤다.

깡!

그 결과 버그베어의 칼이 마치 수수깡처럼 부러져 버렸다.

결과로 보건데 상대 무기는 일반 물품인 것 같았다.

"아, 아티펙트? 결투에서 아티펙트라니 전사의 긍지도 없는 놈!"

"싸움에 그딴 게 어디 있어. 그래서 더 할 거냐?"

가벡은 허리춤에 있는 아티펙트 단도를 쳐다봤지만, 꺼내진 않았다. 저걸 꺼냈다간 정말 둘 중 하나가 죽을 때 까지 싸워야 함을 알았기 때문이었다.

"빌어먹을!"

"바쁘니까 송사리 말고 대가리 데려와."

분노에 가득찬 가벡을 쳐다보며, 칼콘은 불안한 듯 다리를 떨었다.

◈

"그래서, 포로를 찾으러 왔다?"

"정확해. 그게 우리 볼 일이야."

그가쉬 클랜의 지도자, 그가쉬는 픽 웃었다.

"재미있는 인간이군. 여기가 어딘지는 알고 그런 무모한 걸 요구하는 건가?"

"그가쉬 클랜이잖아. 모르고 왔을까?"

현재 인간과 버그베어는 비동맹상태였다.

서로 죽인다고 한들 아무런 외교, 정치적 문제도 없거니와 사이도 좋지 않았다. 그런데도 당당히 본거지 한 가운데로 찾아와 포로를 요구한다?

그가쉬로선 이해할 수 없는 행동이었다.

"크라카투스 콘투레 보더워커."

칼콘은 제 본명이 튀어나오자 바짝 긴장했다.

"으, 응. 왜?"

"아는 얼굴이니 네게 얘기하지. 진짜로 그 목적인가?"

"맞아. 우리 의뢰인이 포로를 데려오랬어."

고민스러운지 그가쉬의 곰방대에 담뱃잎이 채워졌다.

지훈은 그 모습을 보다 품에서 시가를 하나 꺼내 건넸다. 저번에 승호에게서 몇 개 가져온 두르였다.

"그런 싸구려보단 이게 나을 것 같군. 피워 봐."

그가쉬는 오른쪽 눈썹을 들어 올리며 시가를 입에 물었다.

치익- 칙.

후읍- 하아.

두르는 미약한 진정효과를 가진 독한 담배였다.

너무 독해서 겉담배를 하는 게 보통이었음에도, 그가쉬는 깊게 들이마셨다가 내뱉었다.

"맛있군."

"그래. 이제 좀 얘기할 마음이 들었나?"

"아까 했던 무례한 말들 정도는 잊어주지."

다시 한 번 담배 연기가 뿜어져 나왔다.

민우가 콜록거렸다.

"상황이 어떤지는 알고 있지만, 그건 안 돼. 자기들 말로는 학자라고 하지만 그게 진짠지 아닌지 알 수 없다."

"살아는 있나보지?"

"아직은."

"상태는 어떻지?"

"고문은 했으나 욕보이진 않았다."

고문이라는 말에 지훈이 얼굴을 찌푸렸다.

만약 심각한 부상이 동반될 고문이었다면, 이동 중 사망할 수도 있었기 때문이었다.

그 순간 의뢰비 1/3이 날아갈 수도 있었기에 시간이 촉박했다.

"어떻게 하면 풀어줄 거지?"

"이 전쟁에 상관없다는 걸 증명할 수 있다면 당장이라도 풀어줄 수 있다. 하지만… 중요한 건 그걸 우리가 믿을 수 있느냐는 거지."

원래 의심이란 한 번 하기 시작하면 끝이 없었다. 그런 상태에서 무고를 증명하기란 굉장히 어려울 게 당연했다.

"그게 아니면 네가 우리를 도와주거나."

역시 증명 따윈 안중에도 없었는지, 다른 제안이 뒤따랐다.

'일이 꼬이는군.'

"포로를 확인해 보고 싶다. 상태에 따라서 우리가 뭘 할 수 있는지도 달라져."

만약 시간이 걸리는 일을 제시한다면 곤란했다.

의뢰인이 기다리지 못하고 다른 용병을 보내거나, 포로가 죽어버릴 수도 있기 때문이었다.

"마음대로. 가벡, 안내해라."

〈2권에서 계속〉